騎士王の××な溺愛事情

Himemi Mai
舞 姫美

JN146035

Honey Novel

Illustration

鳩屋ユカリ

CONTENTS

【1】

ルヴェリエ王国の宮殿は半月型をしており、その周囲が広い庭園になっている。折々の季節に見頃を見せる花たちを芸術的に配し、植え込みも綺麗《きれい》に形を整えていていつでも見る者を和《なご》ませる造りになっていた。庭師たちの傑作品は、宮殿に住まう者たちの心を癒す。

広い庭園の一番日当たりのいい場所は、ヴィオレッテ個人の庭としてくれている。幼少の頃に死別した母親がとても気に入っていた場所は、ヴィオレッテも大好きな場所だ。今の時期は薔薇《ばら》が見頃で、白や赤、薄ピンクなど——大輪のものから蔓《つる》薔薇、野薔薇のように小さいものまでもが丁寧に世話され整えられている。

ヴィオレッテが屈《かが》み込んでいる場所はガーデンセットから少し離れている。他の薔薇たちとは違い花弁《はなびら》に向かって赤から白へ美しいグラデーションになっている薔薇を、夢中で写生していた。

お気に入りのパステルセットで描いていると外界の音も気配もすべて消えて、自分と絵の対象物だけとなる。ヴィオレッテはこの感覚が好きだった。この感覚が強ければ強いほど、素敵な作品ができあがる。

（絵はいいわ。目に映った素晴らしいものや美しいものを、こうして紙に留めて皆に伝えることができるのだもの）

これらを誰かに伝えて、その『誰か』も楽しくなったり嬉しくなったりしてくれたらいい。本当のことを言えば、王宮の外に出てもっといろいろな景色を写生したかった。だが自分はこのルヴェリエ王国の王女だ。写生のためだけに気軽に宮殿の外に出るなど、できるわけがない。幼い頃ならばまだしも、もうすぐ同盟国に嫁《とつ》ぐ身であるならば余計にそんな気ままは許されない。

ならばこの限られた場所と時間の中で、自分が息抜きできるようにすればいい。だからヴィオレッテは午後の茶の時間を利用して、薔薇の写生をしていた。

ガーデン用のテーブルセットの傍《そば》には召使いたちが控えていたが、ヴィオレッテの邪魔をしないでいてくれる。暖かな日差しを心地よく感じながらヴィオレッテは写生を続けた。

ヴィオレッテの傍には、騎士よろしく黒毛の大型犬が座っている。揃えた前脚の上に顎《あご》を置いた黒犬はじっとヴィオレッテを見つつも決して邪魔しないようにおとなしくしている。

その黒犬の身体が、ぴくりと動いた。

すっくと立ち上がった黒犬は、突然嬉しそうにひと声吠えて走り出した。集中が途切れ、ヴィオレッテは召使いたちと一緒に黒犬を視線で追いかけた。

「アルベール！　急にどうしたの!?」

何かあったのかもしれないと、ヴィオレッテはワンピースのスカートをつまみ上げ、小走りになる。そのあとに、召使いたちも続いた。

「ヴィオレッテさま、お待ちくださいませ！　私たちが行きますので！」

「……うわっ!!　な、何だ!?」

ヴィオレッテの視線の先で、黒犬が一人の青年にのしかかっていた。彼にとっては予想外だったろうに、青年は黒犬の前脚を両手で受け止めて支えている。青年の姿を認めた直後、ヴィオレッテは息を呑《の》んで立ち止まった。

しっとりとした夜色の髪は襟足《えりあし》が少し長く、さっぱりと一つに結ばれている。陽の光を結晶化させたかのような金色の瞳は、優しく穏《おだ》やかな中にも心の底までを見透かされてしまうような色合いもあって、笑顔なくじっと見つめられると不思議な威圧感を感じるものだ。すらりと背が高く、黒を基調とした礼服に包まれた身体は鍛《きた》えられた鋼《はがね》のような頼もしさを感じさせる。それでも相手に圧迫感を与えないのは、無駄な筋肉がついているわけではないからだろう。

（フレデリクさま……！）

予想もしていなかった青年の姿に、ヴィオレッテは思わず満面の笑みを浮かべてしまう。それも彼に抱いている恋心ゆえだったが、ヴィオレッテは慌《あわ》てて浮かれた自分を叱責《しっせき》するように首を振った。

（浮かれては駄目よ。彼はトラントゥール国国王陛下の使者なんだから）

フレデリク・ベルグランは隣国トラントゥールの国王エルネストの第一側近で、最も信頼を置かれている者だ。トラントゥール国は戦いに秀《ひい》で礼節を重んじる騎士たちにより作られた国であり、同時にこのデラージュ大陸の半分ほどを占める大国だった。ヴィオレッテの国はトラントゥール国に比べればひどく小さく、攻め入られたら数時間も保たないだろう小国である。だが語り継がれる創世記に一番最初に建国された国として記されており、デラージュ大陸の者にとっては神域のような国であった。同時にこの国の洞穴《どうけつ》でしか採掘できない虹の輝きを持つ宝石が重宝されていて、それらの理由からルヴェリエ王国は古き時代よりよからぬことを企《たくら》む国からよく狙われてきた。

王宮図書室に納められているルヴェリエの歴史書には、過去に何度も周辺諸国だけではなく、大陸遠方の大国からも侵攻を受けた記録が残っている。歴史の中では一度、属国になったこともあった。

すでにもうその当時のことを知る者はいないが、書物に残された無念さと扱《あつか》いの酷《ひど》さを読めば、心に強い痛みを感じる。ルヴェリエではこの属国になったときの歴史を大人が子供に教えることが自然と風習となっていた。だがここ数十代はその不安もだいぶ薄れてきている。

数十代前、トラントゥールの王女とルヴェリエの王が恋に落ちて婚姻を結んだことから両国に同盟が結ばれ、この国は大国トラントゥールの庇護《ひご》下に置かれていた。庇護を受ける代わりにルヴェリエの富を与えることになっているが、両国の間は隷属《れいぞく》関係ではなく同盟関係である。代々のルヴェリエの王が外交に特に重きを置き、トラントゥールとの関係を良好に保つように努力しているからだ。ヴィオレッテの兄であり早くに両親を病気で亡くしたために若き国王となったカミーユも、その努力を決して怠《おこた》らない。トラントゥール国王とは歳が近いためか、友人のような関係を築いているほどだ。この同盟は、両国間での婚姻をもって現在も続いている。

今代ではヴィオレッテとエルネストとの婚姻だ。ヴィオレッテは王女としてこの国に生まれたときからエルネストの婚約者となり、嫁ぐことが決まっていた。

エルネストは以前よりヴィオレッテに手紙や絵姿を送ってくれて、かたちだけの婚姻にはならないように気を遣ってくれていた。年頃になり、王女として同盟婚を強く意識するようになってからは、エルネストの名代《みようだい》として側近のフレデリクがやってくるようになった。王の立場から気軽にこちらにはやって来られない分、側近の彼の目を通してヴィオレッテの様子を見ているのだろう。

フレデリクは定期的に送られるエルネストの絵姿と、髪の色を除けばとてもよく似ている。だが絵姿の騎士王の威風堂々《いふうどうどう》としたエルネストとは違い、もっと柔《やわ》らかい人懐っこさを思わせる雰囲気を持ち、人当たりもいい。宮殿の若い女召使いたちの中には、フレデリクの来訪を楽しみにしている者もいるらしい。ヴィオレッテのこともよく気遣ってくれる。

(エルネスト陛下とは縁戚関係にあると教えていただいたから……よく似ていらっしゃるのはそのせいなのね)

昨年贈られたエルネストの絵姿を思い浮かべ、それとフレデリクの姿を重ねる。似ていても醸《かも》し出す雰囲気が違うため、完全には重ならない。当たり前のことなのに、ヴィオレッテはそっとため息を零《こぼ》してしまう。どんなに似ていても、自分が結婚するのはフレデリクではないことを実感してしまった。

ひどく嬉しそうな黒犬の顔をじっと探るように見つめたあと、フレデリクはパッと顔を輝かせた。

「お前……アルベールか!? 何だ、ずいぶん久しぶりだな!」

フレデリクが身を屈め、黒犬の首元を抱きしめながら身体を撫《な》でる。黒犬は尻尾が千切《ちぎ》れてしまうのではないかと思うほどに喜んで、フレデリクの顔を舐《な》め回した。

(ああ、覚えていてくださったんだわ……)

フレデリクを一人の男性として意識したきっかけとなった事件を、彼も覚えていてくれている。フレデリクにとっては主《あるじ》の伴侶を助けただけに過ぎないのだろうが、ヴィオレッテにとっては彼との大事な思い出の一つだ。それを覚えていてくれるだけで嬉しい。

「お、おい、アルベール! そんなに舐め回すな。くすぐったいぞ!」

熱烈な歓迎をフレデリクは拒まず、子供のように無邪気な笑顔を見せる。その表情にも、とくん、と鼓動が高鳴った。

(こんなお顔もされるのね)

来訪時は数日滞在してくれるとはいえ、その間ずっと一緒にいられるわけでもない。主の婚約者として何かと顔を見せてくれるが、ヴィオレッテにはとても満足できる時間ではない。だからこそ、こうして会えた時間に発見できるフレデリクの知らない顔は、ヴィオレッテの宝物になるのだ。

「アルベール、離れなさい。フレデリクさまにご迷惑よ」

息を切らしながらそう言うと、黒犬は名残惜しげにしながらもヴィオレッテの言葉に従った。ヴィオレッテはポケットからハンカチを取り出し、フレデリクに渡す。

「ごめんなさい、フレデリクさま。大丈夫ですか？」

「ああ、このくらい大丈夫ですよ。馬にもよく舐められます」

笑いながら言って、フレデリクはハンカチで顔を拭《ふ》く。返してもらえるのかと思ったが、フレデリクは洗濯してお返ししますと言って胸ポケットにしまってしまった。それを見て、ヴィオレッテは思わず言う。

「あの、返さなくても大丈夫ですわ。そのままお持ちください」

「ですが」

(持っていてほしい)

自分のものが何か一つ、フレデリクの手元に残ってほしいと思ってのことだ。フレデリクは数瞬ヴィオレッテの顔をじっと見つめたあと、笑顔で頷《うなず》く。そしてヴィオレッテの前に流れるような仕草で片膝でひざまずくと、利き手を胸に押し当てて頭《こうべ》を垂れた。騎士としての正式な礼は、いつもヴィオレッテの鼓動を跳ねさせるほどに完璧で美しい。

「ご機嫌うるわしゅう、ヴィオレッテさま」

こちらを見上げてにこりと笑いかけられ、ヴィオレッテは慌てて頷く。フレデリクは立ち上がり、黒犬の頭を撫でながら続けた。

「こいつはあのときの？」

「はい。ちゃんと宮廷の猟犬として務めています」

「そうか、出世したな、アルベール！」

首の辺りを軽く叩くフレデリクに、黒犬は嬉しげに吠える。この黒犬に咬まれたとは思えない可愛《かわい》がりようだ。

――アルベールは宮廷の猟犬となるべく育てられ、大人になってからここに連れてこられた。初めて連れて来られた場所に警戒し、興奮して脱走した。そのときちょうどルヴェリエ王国にやって来ていたフレデリクが自分を訪《たず》ねてくれていて、二人で庭を散歩していたところだった。黒犬はまだヴィオレッテを主人と認識してはいなかったため、敵として咬みついてきたのだ。

突然のことにヴィオレッテはすぐに逃げることができず、黒犬の牙にかかりそうになったところをフレデリクに助けられた。騎士としての彼ならば、腰の剣で黒犬を両断することも容易《たやす》い。だがフレデリクはヴィオレッテを片腕に抱きしめると、飛びかかってきた黒犬の牙を自分の腕で受け止めた。

肉に深く食い込む牙から滲《にじ》み出していく鮮血に、ヴィオレッテは声なき悲鳴を上げた。何とかして黒犬を引き離さなければと思うのだが、フレデリクの抱擁《ほうよう》がきつく、身動きもままならなかった。

相当の痛みがあるだろうに、フレデリクの表情はまったく変わらず――それどころか穏やかな微笑を浮かべて言ったのだ。

『よーしよし、大丈夫だ。お前は良い子だな。それだけ警戒心が強ければ立派な猟犬になれるぞ！　そうでしょう？　ヴィオレッテさま』――フレデリクの言葉で黒犬は処分されることなく、宮殿で飼われている。フレデリクの頼もしさと懐《ふところ》の深さを見て、ヴィオレッテは彼への恋心に気づいたのだ。

（でも……この気持ちを伝えてはいけない人なの）

「あのときは私を庇《かば》って怪我をされて……本当にありがとうございました」

きっと傷が残ってしまっているはずだ。あのときは滞在中にせめてものお詫《わ》びとしてヴィオレッテがフレデリクの手当てをしていたから容易く想像できる。

数年前のこととはいえヴィオレッテはひどく申し訳ない気持ちになりうつむくと、フレデリクは大したことはないと笑った。

「私は女性ではありませんから、身体に残る傷などはまったく気にしませんよ。それに騎士にとっては、大切な方を護《まも》ってできた傷ならば勲章《くんしょう》です」

主の妻となる存在だから、そう言ってくれるのだろう。ヴィオレッテは心に小さな痛みを覚え、思わず胸元を押さえていた。

直後、フレデリクがヴィオレッテの顔を覗《のぞ》き込んでくる。

「スケッチをしていたのですね」

「あ……え、ええ」

「でしたらたまには宮殿の庭ではなく、外に出るのはいかがでしょう」

ヴィオレッテの頬が明るく輝く。だがすぐに表情を改め、首を振った。

「ただスケッチをしに行くだけで護衛の者を連れて行くわけにもいきません。彼らにも、ここを護る役目がありますから」

「さすがはヴィオレッテさま。周りの人々のことをよくお考えになっていらっしゃるのですね」

王女としてごく当たり前のことを言ったつもりだったが褒《ほ》められて、少し照れくさい。

「では、私がヴィオレッテさまに同行するのはいかがでしょう」

「え……」

フレデリクは自信に満ちた笑みを浮かべて続ける。

「私はこれでも一応エルネスト陛下の第一側近です。騎士としての実力も認めていただいていると自負しています。ヴィオレッテさまはエルネスト陛下の伴侶になる御方《おかた》。必ずお守りします」

片手を軽く胸に押しつけて頭を下げがちにしながら言われると、いけないと思いつつもときめいてしまう。この場合、王女としてどう返事をするのが一番適切か。思わず考え込んだヴィオレッテを、フレデリクは優しく見つめて続けた。

「カミーユさまの許可はいただいています」

準備の良さにヴィオレッテは驚いてしまう。フレデリクは少年のように少し悪戯《いたずら》っぽく笑った。

「遠くまでは行けませんが、近場ならお連れできます。いかがいたしますか？」

フレデリクがヴィオレッテに片手を差し出した。ヴィオレッテはその頼り甲斐《がい》のある手を見返す。

（こんなふうにフレデリクさまと一緒にいられるのもあと少しだから）

自分に都合のいい言い訳を心の中で呟《つぶや》き、ヴィオレッテはフレデリクの手に己のそれを重ねた。


フレデリクが乗ってきた馬に乗せてもらい、ヴィオレッテは宮殿からそう離れていない小さな森へと連れていってもらう。ここはまだ王領であるため、よほどのことがない限り人の姿はなく静かな森だ。

森には清水がこんこんと湧き出る泉があり、時折森に棲《す》む動物たちが水を求めて訪《おとず》れる。人の手が入っていない場所は緑豊かで、泉にかかる木々もないから明るい日差しがたっぷりと降り注ぎ、水面をキラキラと輝かせていた。

泉の透明度は高く、小魚がゆったりと泳ぐ様子や水草が揺れているのも見られる。まだ幼かった頃外にスケッチに来たときに護衛の者たちから教えてもらった場所だ。フレデリクを見ると彼は気持ちよさそうに周囲を見回し、深く息を吸い込んでいる。

「これはとても素敵な場所だ」

「そう言っていただけてよかったです。そう何度も来られてはいないんですが、気に入っている場所の一つなんです」

言いながらヴィオレッテは適当な場所を見つけて腰を下ろそうする。それをフレデリクが慌てて止めた。

「待ってください、ヴィオレッテさま。こちらをお使いください」

馬に一緒に乗せていた荷袋から敷き布を取り出して、フレデリクが座ろうとした場所に敷いてくれた。

「服が汚れてはいけませんからね」

「あ、ありがとうございます」

「加えて茶と菓子も用意してもらいました」

荷袋から小さめのバスケットも出てきて、携帯用のポットの茶と焼き菓子が敷き布に置かれる。まるでピクニックだ。ヴィオレッテは知らず、童女のように笑ってしまう。

「素敵です！」

「そう言ってくださると思いました」

ヴィオレッテの喜びように、フレデリクも楽しげに笑う。ヴィオレッテは敷き布に上がると、持ってきたスケッチブックを広げた。

「フレデリクさまも一緒に描きませんか？」

「いえ、私は……その、絵心というのがありませんので……」

フレデリクが困ったようにヴィオレッテに返す。ヴィオレッテは微笑んだ。

「大丈夫です。心が思うままに描いていけばいいだけです」

フレデリクは少し躊躇《ためら》いながらもパステルを取り、ヴィオレッテと一緒に見よう見まねで描き始めてくれる。

二人で一枚の絵を描いていくのは、思った以上に楽しかった。間に他愛もない話をしながら茶と菓子を口にするひとときは、これから嫁いでいく身であるヴィオレッテにとってとても大切な思い出になった。

完成した絵はフレデリクとの合作のため、いつもの自分の絵とは違う。自分にはない大らかさが加わっていて、これはこれで素敵な絵だった。

フレデリクが驚く。

「これまでの人生で一番上手く描けました」

素直な感想に、ヴィオレッテは笑ってしまう。フレデリクもつられたように笑みを零し、二人はそのまましばし笑い合った。

「フレデリクさまとの合作として、ちゃんと額装《がくそう》しますね。トラントゥールに行くときに、これも持ってい……」

自分で言ったことなのに、胸が痛む。ヴィオレッテが口籠《くちごも》ってしまうと、フレデリクが訝《いぶか》しげに顔を覗き込んできた。

「どうかしましたか」

「いいえ、何でもありません」

慌てて答えたヴィオレッテは、フレデリクの端整な顔が思った以上に近いことに気づいてドキリとする。絵を描いていたことが自分たちの距離を近づけていたようだ。

くちづけも可能な至近距離にヴィオレッテは慌てて身を離そうとする。それよりも早く、フレデリクの片手が敷き布に置かれていたヴィオレッテの片手に重なり、きゅ……っ、と握りしめてきた。

(え……?)

いつもと違うフレデリクの態度に、ヴィオレッテは息を詰める。フレデリクは前髪が触れ合ってしまうほど近くで、ヴィオレッテの瞳をじっと見つめてきた。

「今回の滞在は、カミーユ陛下にエルネスト陛下からの結婚申込書をお持ちするためでした」

(ああ、ついにこの日が来たのだわ)

兄は結婚申込書を受け取り、貴族会議にかけてから承認をするだろう。この結婚はルヴェリエ王国を守るためのものであり、反対する者はいない。承認は下り、自分はトラントゥールに嫁ぐ。それはもう決まっていることだ。

エルネストとはまだ直接会って話したことはなかったが、手紙や贈り物などに気遣いと優しさが感じられた。兄やフレデリクから聞く彼の話からも、いい人なのだろうとわかる。きっと好きになれるだろう。

（でも、私は）

恋をしているのはフレデリクにだ。エルネストではない。そして自分はフレデリクではなくエルネストの妻になる。

一気に現実味を帯びる『結婚』に、ヴィオレッテの視界が歪《ゆが》んだ。どうして急に、と思った直後、大粒の涙がひとしずく、零れそうになる。

いけない、と、ヴィオレッテは慌ててフレデリクから身を離そうとする。だが素早く伸ばされたフレデリクの手に二の腕を掴まれてしまった。

離してもらおうと、ヴィオレッテは顔を上げる。その唇に、フレデリクの唇が重なった。

（……え……？）

唇に触れるぬくもりは、意外にも柔らかい。何が起こったのかわからず、ヴィオレッテは大きく瞳を見開いてしまう。睫毛《まつげ》が触れ合ってしまいそうな至近距離に、フレデリクの端整な顔があった。

軽く眉根を寄せて目を閉じ、ヴィオレッテの唇を柔らかく食《は》むように啄《ついば》む。唇が優しく擦り合わされる感触に、すぐに現状を理解し――ヴィオレッテは強烈な驚きとともに同じほどの背徳感も覚えてしまう。

（いけないわ。私はトラントゥールに嫁ぐ身）

そしてフレデリクは夫となる人の一番の部下だ。これは、エルネストに対する裏切りになる。自分だけならばまだしも、フレデリクにまで罰《ばつ》が下されることになるのは避けたい。

ヴィオレッテはフレデリクの身体を押しのけようとするが、それに気づいた彼は手に力をこめて押し倒してきた。あっさりと敷き布の上に身を倒されてしまい、ヴィオレッテは慌てる。フレデリクはヴィオレッテに覆《おお》いかぶさるように身を重ねながら、唇の動きを激しくしてきた。

「ん……んう……っ!?」

フレデリクの唇が強く押しつけられ、こちらの唇を開かせるように動く。されるがままになってしまったヴィオレッテの唇が少し開くと、その隙間《すきま》から肉厚の舌がねじ込むように入り込んできた。

「……んんっ!!」

フレデリクの舌はヴィオレッテの口中に入り込むと、一瞬動きを止めて――次の瞬間には箍《たが》が外れたかのように激しく動き始めた。

ヴィオレッテの口中を蹂躙《じゅうりん》するかのように舌であちこちを舐め回してくる。歯列も柔らかな頬の内側も、上顎のざらつきも舐め尽くすような勢いだ。生々しくも艶《つや》やかなくちづけはもちろん初めてのことで、ヴィオレッテはどうしたらいいのかわからず、ぎゅっと強く目を閉じる。

(ああ、でもこれが……フレデリクさまとのくちづけ……)

そう思うと胸の奥に切なさと甘さがやってくる。

「んぁ……ん、んんぅ……っ」

フレデリクの舌は、歯列の裏も味わってきた。次にはヴィオレッテの舌に絡みつき、舌裏にも入り込んでくる。口中いっぱいにフレデリクの舌を感じ、どうやって息をしたらいいのかわからず、軽い呼吸困難に頭がクラクラしてくる。同時に不思議な心地よさが生まれてきて、ヴィオレッテの身体から無意識のうちに力が抜けていった。

舌が擦り合わせられるように動き、熱を孕《はら》んだぬるついた感触に背筋がぞくぞくして身を震わせてしまう。舌の動きに合わせて甘味が溢《あふ》れ、互いの唾液《だえき》が混じり合ってくちゅり、と淫《みだ》らな水音が上がった。

フレデリクがその滴《したた》りを吸い、飲み込む。は……っ、と感じ入った熱い息を吐くと、今度はヴィオレッテの舌を甘噛みしてきた。

「……んふっ、んんっ！」

刺激的な愛撫《あいぶ》に、しかし新たな気持ちよさが生まれる。ヴィオレッテの意識はどんどん霞《かす》み、フレデリクのことだけしか考えられなくなってしまう。

「ん……ん、ん……っ」

角度を変えて口中を弄《まさぐ》ってくるフレデリクの舌で、ヴィオレッテの身体から完全に力が失われてしまった。

フレデリクはヴィオレッテと左右それぞれの手を繋ぎ、敷き布に押しつける。足も絡み合うように覆いかぶさられてしまい、身動きが取れない。

「……は、あ……っ」

息継ぎをさせてくれるためか、わずかに唇が離れた。忙《せわ》しなく幾度か呼吸を繰り返している間も、フレデリクは離れない。それどころかヴィオレッテの様子をじっと食い入るように見つめたあと、頃合いを見計らってまたくちづけてくる。

こんなに何度もくちづけていたら、呼吸が止まってしまいそうだ。身体の力は抜けてしまったものの、ヴィオレッテはフレデリクのことを心配して涙目になりながら合間に何とか言う。自分はフレデリクの主の妻となる。こんなところを万が一誰かに見られたりしたら。

「……も、う……駄目……あなたが、罰を……」

フレデリクはハッとしたように動きを止めて、ヴィオレッテを見つめてくる。喘《あえ》ぎそうになるのを堪《こら》えながら、ヴィオレッテは説得するように続けた。

「駄目……これ以上、は……」

「私のことを心配してくださるのですね」

フレデリクは嬉しそうに笑って言う。ようやく止まってくれるのだとホッとしたヴィオレッテの唇を、フレデリクは再び貪《むさぼ》ってきた。

「んあ……っ！」

今度はもっと激しく情熱的なくちづけだ。搦《から》め捕《と》られた舌をキツく吸い上げられ、下腹部にじん……っ、と疼《うず》くような感覚が生まれる。ヴィオレッテはもう窘《たしな》めることもできず、フレデリクに繋がれた指に強く力を込めた。

指先が白くなるほどフレデリクの手の甲に指を食い込ませ、唇を貪られる。まさに食べられてしまうような感覚だ。

……ようやくフレデリクの唇から解放されたときには、胸が激しく上下してしまっていた。唇が互いの唾液でしっとりと濡れ光り、薄く乗せていた口紅がフレデリクの唇に移ってしまったほどだ。

フレデリクはそれに気づくと、自分の唇をぺろりと舐める。こちらをじっと見つめながらの仕草は、まさに獣が食事を終えた様子を連想させてぞくりとする。なのに、心の奥がひどく騒《ざわ》めくのだ。

目を逸《そ》らせずに潤《うる》んだ瞳で見返すヴィオレッテの唇に、フレデリクが指を伸ばす。そして親指の腹でそっと口紅を拭《ぬぐ》い取った。残った口紅もフレデリクの指に移り、彼はそれを口元に運んで舐め取る。

「あなたは何も飾らなくても美しい」

飾り気のない褒め言葉は、だからこそ本心からとわかって胸の奥が疼くようにきゅんっとした。ヴィオレッテは乱れた息の下で、問いかける。

「……どうして、こんなことを……」

婚儀を機会にこのまま別れるのならばまだしも、これから自分はフレデリクのいる国へ嫁ぐのだ。王の第一側近ともなれば、ヴィオレッテとの接触も皆無とはいかないだろう。それなのになぜ、一線を越えてしまうくちづけをしてきたのか。

（フレデリクさまも……私のこと、を……？）

だがフレデリクの想いがあったとしても、自分はルヴェリエの王女としてエルネストに嫁ぐことが決まっている。それを放棄《ほうき》することは絶対にできない。この国の王女として生を受けた以上、それは絶対に忘れてはならない責務なのだ。そうでなければ、ルヴェリエ王国の民たちの平安が崩れてしまう。

（もしも私が、トラントゥール国王に嫁ぐ前に純潔を捨てたりしてしまったら）

手紙や贈り物などで優しい気遣いを見せてくれるエルネストも、この同盟婚を破棄《はき》するに違いない。そんなことになったらルヴェリエの護りは失われ、過去の悲惨な歴史が再び繰り返されることになる。

そんなことは駄目だ。ヴィオレッテは自分の気持ちを呑み込み、これ以上を拒絶する胸の痛みを覚えながらも、涙目でフレデリクを見返す。

フレデリクはヴィオレッテの額に自分の額をそっと押しつけ、瞳を覗き込んできた。

「突然に、無礼なことを……申し訳ありません」

（謝らないで。本当は嬉しかったんです）

そう言えないから、ヴィオレッテは唇を引き結ぶ。フレデリクはヴィオレッテの頬をいたわるように優しく撫でながら続けた。

「このくちづけの意味は……トラントゥールで再びお会いできたときにお話しします。自分勝手なことを言って申し訳ありません。ですが、今少しだけお待ちください」

(どういうこと……?)

何の答えにもなっていないフレデリクの言葉を追及しようと、ヴィオレッテは唇を開きかける。だがフレデリクはぎゅっと一度強く目を閉じて大きく息を吐き出すと、勢いよく身を起こした。

「そろそろ帰りましょう。片付けます」

ヴィオレッテの腕を掴んで優しく引き起こしてくれたあとは、手早く周囲を片付けてくれる。ヴィオレッテがその様子をぼうっとした気持ちで見つめている間に帰り支度は終わってしまった。

フレデリクがヴィオレッテとともに馬に乗り、宮殿へと戻り始める。彼の姿はヴィオレッテの背後にあるが、振り返ってまで先ほどのくちづけのことを確認する気持ちは出てこない。ヴィオレッテはフレデリクの腕の中に囲われたまま、スケッチブックを抱きしめた。

(忘れるのが、一番いいことなんだわ……)

ヴィオレッテはそう結論し、宮殿に戻るまでにいつもの自分を取り戻すよう努めた。

【2】

エルネストからの正式な結婚申込書は何の問題もなく受理され、ヴィオレッテの日々はトラントゥール国への輿《こし》入れ準備に追われてとても忙しかった。不思議なことにエルネストはヴィオレッテの入国を心待ちにしており、できうる限り早く来てほしいと手紙が添えられていたのだ。心の準備はできていたものの、母国を離れる支度はそれなりに手間も時間もかかる。ヴィオレッテは召使いたちに荷造りを任せ、ルヴェリエ王国の主《おも》だった貴族たちとの別れのパーティや国民たちへの感謝を伝える慰問や会で予定をびっちり埋め、国を離れる王女としての務めを果たし続けた。

トラントゥール国へ旅立つ日にはずいぶん疲れが溜まっていたものの、送り出してくれる国民や兄に、ヴィオレッテは常に笑顔で応え続けた。その反動かその必要がなくなると途端に眠気に襲われ、クッションにもたれて眠らせてもらったほどだ。

揺れる馬車の中で見た夢は、母国で過ごした自分のこれまでの人生の様々な思い出だった。もうこの国の王女ではなくトラントゥール国の王妃となるのだと思うと、やはり一抹《いちまつ》の淋しさがあったのだろう。だが最後の思い出はフレデリクとのとても激しくけれども甘やかなくちづけで、ヴィオレッテの眠りはそのせいで覚めてしまった。

「ど、どうされましたか、ヴィオレッテさま」

ビクッと身を震《ふる》わせて目覚めたヴィオレッテを、向かいに座っていた召使いたちが心配してくれる。嫁《とつ》ぎ先に不安を抱いているかもしれないなどと思われないようにヴィオレッテは適当に笑顔で誤魔化《ごまか》し、再びうたた寝を装った。……もちろん、もう眠ることなどできなくなってしまった。

(きっとすぐにフレデリクさまに会うことになるわ……)

エルネストの一番信頼厚い部下だ。トラントゥールに入ったヴィオレッテを出迎えて彼のもとに連れていく役目を担う可能性はとても高い。

……あのくちづけのあとフレデリクはいつも通りで、まるで自分には何もしてこなかったかのような振る舞いだった。ヴィオレッテもむし返すつもりはなく、いつも通りに彼に対応して——そして、彼は帰国した。それ以降は会っていない。

(フレデリクさまとの、キス……)

ヴィオレッテは寝返りを打って召使いに背を向けながら、唇に指先をそっと触れさせる。あのときのくちづけのぬくもりはもうどこにもないのに、鼓動が一つ、大きく跳ねた。

(私は、あなたではない人のものになるのに……)

目頭が熱くなり、ヴィオレッテは強く目を閉じた。未練がましい気持ちはきちんと隠し続けなければならないとわかっているのに、ヴィオレッテの荷物の中にはあのとき二人で描いた絵が入っている。フレデリクとの思い出だと思うと、どうしても母国に置いておくことはできなかった。職人に額装してもらったそれを部屋に飾ることはできないが、それでもよかった。自分の手の届く位置にあれば、それだけでいい。

召使いがヴィオレッテの身体にかかったブランケットの位置を直してくれる。ヴィオレッテは涙が滲み出さないよう、努力するしかなかった。


トラントゥール国に入ると、ヴィオレッテ一行の馬車を、町の住人たちが花を撒《ま》き散らして歓迎してくれた。まだ婚儀前だというのにこの歓迎ぶりは行き過ぎではないかと思うものの、ヴィオレッテとしては嬉しくなる。ひとまず、国民に嫌われているのではないのだと思える。

実際はどうなのかまだわからないが、エルネストが自分のために触れでも出してくれたのかもしれない。彼らにも日々の仕事があるだろうにこうして歓迎をしてくれることに感謝を示したくて、ヴィオレッテは馬車の窓を自ら大きく開け放ち、身を乗り出して彼らに手を振り笑顔を向けた。

王都に着くまでそんな状態だったが、王都に到着するともっと大きな歓声で出迎えられた。明日の婚礼の儀もあって国全体がお祭り騒ぎのようだ。あちこちでヴィオレッテとエルネストの名を呼ぶ声が上がっている。

（エルネスト陛下は為政者として、民に好かれている方なんだわ……！）

彼の偉業は聞いていたが、こうして直接民の様子が見られると尊敬の気持ちも生まれてくる。王都の整った様子や民たちの表情の明るさを見れば、この国が豊かで穏やかなことは明らかだった。

前方に目を向ければ、幾つもの尖塔《せんとう》を持つ白煉瓦《しろれんが》で組み上げられた立派な城が見える。戦う力を持つ彼らの国の特徴として、城には二重の城壁が造られていた。おそらく他国との戦いになったときの籠城《ろうじょう》も考えているのだろう。扇型《おうぎがた》のルヴェリエ王国宮殿とは、造られた意図がまったく違うことがわかる。この大国に母国が守られるのだと思うと、とても心強かった。

（そのためにも、この国の王妃として頑張らなくてはいけないわ）

具体的に何をすればいいのかまだわからなかったが、少なくともエルネストに嫌われないようにしなければと、ヴィオレッテは改めて思う。フレデリクが姿を見せたとしても、彼に想いを残していることを絶対に誰にも悟られないようにしなければ。

（キスを……されたことも）

明日は婚礼の儀が行われ、初夜を迎えることになる。覚悟も決意もしてきたが、フレデリクにされたことをエルネストにされるのかと思うと、心はやはり重くなる。ヴィオレッテは慌《あわ》てて内心で首を振った。

（私はエルネスト陛下の妻になるのよ。夫を受け入れられないなんてそんなこと……絶対に駄目！）

乙女の心を叱咤《しった》し、ヴィオレッテは背筋を伸ばして馬車が止まるのを待つ。思った以上に長い時間を馬車に揺られたあと、王城の正門に到着した。

数人の衛兵に守られた門扉《もんぴ》はヴィオレッテを迎えて開かれている。そのままさらに奥に進むと、居住区の門が現れた。途中は庭だったが、手入れはされていても花はあまりない。どちらかというと低い植え込みが多く、緑のみの少し退屈な庭園だった。だがそれも、騎士の城だからとヴィオレッテは学んでいる。

（刺客《しかく》が入り込んだとしても隠れる場所を作りにくくするように……だったわ）

馬車が止まり、ヴィオレッテは城の従者が扉を開くのを待つ。扉を開けて姿を見せたのは、フレデリクだった。

「ようこそいらっしゃいました、ヴィオレッテさま」

「……っ！」

覚悟を決めたばかりだというのに一番はじめに本人に会ってしまい、ヴィオレッテの身体は硬直してしまう。フレデリクが心配そうに眉根を寄せた。

「ヴィオレッテさま、いかがなさいましたか？　馬車酔いでもされてしまいましたか？」

「……い、いいえ、大丈夫です」

差し出されたフレデリクの手に自分の手を乗せ、ドレスの裾《すそ》をつまみ上げながらヴィオレッテは馬車を降りる。王城に続く回廊の両側に正装した貴族たちがずらりと並び、ヴィオレッテに頭を下げていた。礼儀正しく無駄のない礼は、まさしく騎士そのものだ。ヴィオレッテは圧倒されてしまいながらも彼らにも笑顔を浮かべて見せる。その中にエルネストの姿を探したが、彼はここにはいなかった。

ここに夫となるエルネストがいなかったとしても、落ち込む必要はない。だがそれでもいてくれたらよかったと、ヴィオレッテは思ってしまう。今、自分をエスコートしてくれているのがエルネストだったらよかった。

(でないと、気持ちを隠せそうになくて……)

「フレデリクさま、あの……エルネスト陛下はどちらに……」

「夫婦のお部屋にいらっしゃいます。ご案内します」

そんなところまでフレデリクに案内されてしまうのか。ヴィオレッテは自分の恋心に必死に鍵をかける。

ときめかないようにフレデリクをなるべく見ないようにし、接触もし過ぎないよう適切な距離を保ち続ける。トラントゥール国に初めて来たことによる緊張はやはりあって、危うくつまずいてしまいそうになるのも、何とか堪《こら》えた。

貴族たちの出迎え行列の一番最後には、貫禄《かんろく》のある壮年の男と、中性的な瓜二つの顔を持つ若い男女の双子が待っている。双子の片方は女性だがドレス姿ではなく、男と同じシャツとパンツ、そして帯剣している凜々《りり》しき姿だった。それでも豊満な胸と括《くび》れた腰やまろやかな臀部《でんぶ》は隠せず、かえってそれがひどく艶《なま》めかしく見え、ヴィオレッテは見惚《みと》れてしまう。

壮年の男が一歩を踏み出し、片手を胸に押し当てて頭を下げた。

「ようこそいらっしゃいました、ヴィオレッテ妃殿下。婚儀は明日ですが、あなたが陛下の妃となられるのはもう決定していること……どうぞもう妃殿下と呼ばせてくださいませ」

「光栄です、ありがとうございます」

ヴィオレッテが片手を差し出すと、男はその手を受け止めて手の甲にくちづけようとする。挨拶《あいさつ》のキスは慣れているヴィオレッテだったが、フレデリクがその手を奪うように取って遠ざけた。

「ミストラル公爵、ヴィオレッテさまの御手《おて》はまだ陛下も触れたことがないものです。先に触れるのは、いかがなものかと思いますよ」

（え……でも、フレデリクさまは私に何度もしてくれたわ）

フレデリクの言葉にミストラル公爵と呼ばれた男は一瞬不快げな顔をしたものの、すぐににっこりと笑って頷《うなず》いた。

「確かにお前の言う通りだな、フレデリク。陛下より先んじてしまうことは許されない。大変失礼しました」

ミストラルが申し訳なさそうに頭を下げる。ヴィオレッテは慌てて首を振った。

双子の女性がフレデリクをちらりと見て、笑いを堪えている。同時に双子の男性の方は呆《あき》れたようにため息をついていた。

「ではフレデリク、すぐに妃殿下を陛下のもとにお連れしろ。お待ちになられているだろうからな」

「かしこまりました。ユーグ、レリア、お前たちも一緒に来てくれ」

双子が頷き、フレデリクのあとについてくる。ヴィオレッテはフレデリクに案内されながら、問いかけた。

「フレデリクさま、あの双子の方々は？」

「陛下の側近です。私の次に信頼されている二人です。二人とも剣の腕は確かですよ」

「女性もですか!?」

ヴィオレッテは声の大きさに気をつけながらも、驚いて問い返してしまう。ルヴェリエ王国だけではなく、この大陸ではだいたいにおいて女性が剣を振るうことはない。剣を持つだけでも驚きなのに、その実力が相当のものだと聞けばなおさらだ。

フレデリクが笑った。

「ここはトラントゥール、騎士の国です。この国では女性も剣を持って戦うことを学びます」

「そ、そうなのですか……」

やはり本や伝聞だけでは知りえないことがあるようだ。騎士の国だと知っていてもそれは男性社会だとばかり思っていたのは落ち度だった。女性も剣を持つのならば、自分も剣技を学ばなければ。

（でも私の歳から始めたとして……陛下のお役に立てるくらいの実力はつくのかしら……）

「ヴィオレッテさま？　どうしました？」

「あ……あの、私の歳から始めても、それなりの実力ってつくのでしょうか」

「何の実力ですか？」

「剣技です」

ヴィオレッテはとても真面目な表情で答える。フレデリクが驚いたように口を噤《つぐ》み、まじまじとこちらを見つめてきた。何かおかしなことを言ってしまったのかと心配になってしまう。

「……あの、私……変なことを言ってしまいましたか？」

「いえ……ですがヴィオレッテさまにその必要はありませんよ。陛下もそう仰《おつしや》います」

「……そ、そうでしょうか……」

フレデリクがそう言ってくれるのは嬉しいが、エルネスト自身の言葉ではない。この婚儀が上手くいかなければ、同盟は壊れる。自分の代でそんなことをさせるわけにはいかない。

ヴィオレッテはどうしても神妙な顔になってしまう。フレデリクはその横顔を見て、安心させるように笑った。

「大丈夫です、安心してください。私の言葉は陛下の言葉と同じですから」

「それは、どういう……」

「着きましたよ」

話している間にエルネストの待つ部屋の前に辿り着いてしまっていた。ヴィオレッテは息を詰め、緊張した表情を隠せずに扉を見つめる。

「フレデリク、俺たちは隣の部屋にいるぞ」

「ああ、頼む」

「ヴィオレッテさま、一度失礼いたします」

双子がヴィオレッテに一礼して、隣の部屋に入っていく。フレデリクは扉をノックすることもなくノブを摑み、そのまま開けた。

「どうぞ、ヴィオレッテさま」

軽く頷いて室内に入ると、フレデリクが扉を閉めてくれる。ヴィオレッテは室内にいるだろうエルネストに頭を下げようとしたが、目の前には誰もいなかった。

室内には大輪の白薔薇《しろばら》が活《い》けられた花瓶が置かれた応接セットがあり、茶と菓子が用意されていたが――そこに、エルネストの姿はない。いったいどこに、と視線を巡らせるが、誰もいなかった。

「フ、フレデリクさま、陛下はどこに……」

「はい、いらっしゃいますよ」

「え……？」

フレデリクの答えに困惑《こんわく》してしまう。室内には大人の男が隠れられる家具はない。まさかフレデリクは、エルネストと一緒に自分をからかっているのだろうか。

フレデリクはヴィオレッテの前に進み出ると、にっこりと笑った。

「陛下は目の前にいますよ」

「目の前って……いるのはフレデリクさまで……」

確かに髪の色が金ならば、エルネストと瓜二つだ。だからこそ彼はエルネストの影武者として重宝されているのだが、本人ではない。

「ヴィオレッテさま、今からすることをよく見ていてくださいね」

言いながらフレデリクはテーブルの上の花瓶を手に取る。活けられていた薔薇を引き抜くと、花瓶を頭上まで持ち上げた。

まさか、と止めようとしたヴィオレッテの指の先で、フレデリクが花瓶の水を頭からかぶる。あまりのことに絶句してしまったヴィオレッテだったが、直後に大きく目を見張った。

水がフレデリクの髪を滑り落ちていくと、黒髪の下から眩《まばゆ》い金が見えてくる。黒い雫《しずく》が肩や足元に落ちていくのに合わせて、髪の色が変わっていく。いや、元に戻っていくのか。エルネストとまったく同じ、根元だけが黒を残した金髪へと。

フレデリクは濡《ぬ》れて額や頬に張りつく髪を手櫛《てぐし》でかき上げ、正装の袖口で顔を拭《ぬぐ》う。黒い染め粉の雫で汚れてしまっていても、彼の魅力が損なわれるものではなかった。

笑みを滑り落とし、ヴィオレッテをまっすぐに見つめる威厳を纏《まと》った彼は、間違いなくトラントゥール国国王エルネストその人だった。

形のいい薄い唇を動かして、フレデリク――エルネストが言う。

「よく来てくれた、ルヴェリエ王国第一王女ヴィオレッテ殿。あなたを私の妻にできることをとても嬉しく思う」

（これは……どういうこと……？）

若き王の威厳を持ちながらそう言われて、ヴィオレッテは茫然《ぼうぜん》としてしまう。……しばしの沈黙のあと、ヴィオレッテはおもむろに唇を動かした。

「……フレデリクさまは今、どちらに……？　陛下がフレデリクさまのお姿をして、私をからかっていらっしゃるのですよね……？」

もしその逆だとしたら――ヴィオレッテは困惑のあまりどうしたらいいのかわからなくなる。エルネストは少し困ったように笑った。

「あなたが困惑するのもわかる。簡単に言ってしまえば、フレデリクと私は同一人物だ。私が国王としてではなく動きたいときに必要だったから作り出した人物だ。フレデリクのことを知っているのは私の側近の双子とカミーユと彼の部下の数人だけだ。貴国に滞在中、事情を知っている彼らにはよくしてもらっている」

（フレデリクさまが、エルネスト陛下だった……）

ヴィオレッテにとってはとんでもない衝撃の事実だ。

フレデリクへの想いを隠し、殺して、この国にやって来た。二人が同一人物だとしたら、ヴィオレッテの悩みはそもそも生まれない。八つ当たりに近い怒りだとわかっているが、これまでの自分の悩みはどう処理すればいいのだろう。

ヴィオレッテは強張《こわば》ったままの瞳をエルネストに向けたまま沈黙する。それでも手は勝手

に動いて外出用のドレスのポケットからハンカチを取り出し、エルネストの頬や額から髪染め粉で汚れた水滴を拭い取っていた。エルネストは嬉しげに笑いながらヴィオレッテのされるがままになり、身を屈《かが》めた。

「私とあなたの婚儀は生まれたときから決まっていました。私もあなたを妻にすることに疑問も抱かなかった。けれど年頃になり、男女の仲を考えるようになって、私の妻となる人がどういう人なのかを知りたくなったんです」

ヴィオレッテのことをじっと熱っぽく見つめながら、エルネストは言う。

「元々『フレデリク』は前から使っているものだったので……あなたには王として決められた婚約者としてではなく普通の貴族の男としてお会いしてみたかった。そしてあなたの王女としての姿や一人の女性としての姿を見て、惹《ひ》かれたのです」

エルネストはヴィオレッテの手を取ったまま、さらに熱を込めて続ける。

「絵のことに関しては無邪気な子供のようになってしまう可愛《かわい》らしいところや、周囲を気遣う優しさ、あのくちづけのときもご自分のことよりも私が罰《ばっ》せられることを心配してくれた。乙女らしい憧れもあったでしょうに、決められた婚儀に不平も不満も一切洩《も》らさず、国と民のために私に身を捧げようとした……王女としても、あなたは素晴らしい人です。どうか私の妃になってください」

叶わぬ恋を飲み込んでここに来たというのに、気づけばそれが成就《じょうじゅ》している。嬉しさと困惑が入り交じったあと――ヴィオレッテの中に生まれたのは上手く言い表せない怒りだった。

（だ、だったらもっと早く正体を教えてくださっても良かったのではないの!?）

あのくちづけをしてきたときに教えてくれても良かったはずだ。教えてくれなかったのには彼なりの理由があるのだろうが、このときまでずっとフレデリクへの気持ちを堪えていかねばならないと自分に言い聞かせていたのに。

エルネストを見つめたままのヴィオレッテの瞳から、ぽろりと涙が零《こぼ》れた。いけないと思ったときにはもう遅く、あとからあとから溢《あふ》れてくる。

エルネストがその様子にひどく慌てた。

「ヴィ、ヴィオレッテさま!?　どうして急に……あ……わ、私との結婚が泣くほど嫌ですか!?」

誰かに見られたら威厳も何もなくなってしまうだろうほどに青ざめ、うろたえて、エルネストは言ってくる。ヴィオレッテは俯《うつむ》いたまま何とかして涙を抑えようとするが、上手くいかずにさらに片手で口元を押さえた。

エルネストはヴィオレッテを抱きしめようと両腕を伸ばし——けれども触れる直前で止める。俯いたヴィオレッテの髪に、エルネストの沈んだ声が落ちた。

「すみませんでした……あなたがそんなにこの結婚を嫌がっていたとは思いもしていなかったので……」

「違います。私は怒っているんです」

自分でもこんなに低い声が出るとは思わなくて、驚いてしまう。エルネストが瞳を瞬かせ、ヴィオレッテは勢いよく顔を上げた。

泣き顔で誰かを睨《にら》みつけるなんて、大人になってからはなかった。きっとずいぶん酷い顔になっている。エルネストが幻滅したらどうしようと思うものの、止められない。

「怒ってます。どうしてもっと早く本当の姿を教えてくださらなかったんですか。私はフレデリクさま以外の方の妻にならなくてはいけないことが哀《かな》しくて……でも、国や民のことを考えたらそう思うこともいけないような気がして……」

誰にも言えなかった気持ちを口にすることができて、余計に涙が溢れてしまう。エルネストはヴィオレッテの泣き顔をじーっ、と見つめながら不意に止めたままだった両腕を動かし、強く抱きしめてきた。

「ああ、良かった！　私が嫌いではないのですね!?」

「そ、それとこれとは話が違います！　私は怒っていると……」

「すみません」

言ってエルネストがヴィオレッテの涙を優しく吸い取る。唇の優しさはヴィオレッテへの申し訳なさを表していて、怒りもすぐに治まってしまいそうだ。

「あなたがフレデリクである私にもしかしたら好意を抱いてくれているのではないかと、期待したこともあります。でもあなたは王女としての責務を果たそうとしていた。それなのにフレデリクとして想いを打ち明けても断られるだろうと……」

「だったら本当のことを話してくだされば……」

「あなたの前ではただのフレデリクでいたかった。王としての私では、ルヴェリエで見ることのできるあなたの本当の姿が見られないかもしれないと思ったから」

エルネストがヴィオレッテの頬にもう一度くちづけてくる。唇が少し開き、そこから覗いた舌先が涙を舐《な》め取った。

くすぐったく、同時に背筋がゾクゾクするようなざわめく感覚が生まれる。ヴィオレッテはその感覚を散らそうと、エルネストから距離を取ろうとした。だがヴィオレッテを抱きしめる腕は、わずかも緩《ゆる》まない。

エルネストはヴィオレッテの耳元に唇を寄せ、熱い呼気を吹き込むようにしながら囁《ささや》いた。

「あなたに、私の妃になってもらいたいんです。この結婚の申し出を受けてはくださいませんか」

まっすぐに飾りない言葉で求婚され、先ほどまでの怒りもあっという間にすべて拭い取られてしまう。今度は喜びの涙が零れてしまい、ヴィオレッテは顔を背《そむ》けようとした。だがそれよりも早くエルネストがヴィオレッテの頬を両手で包み込み、視線を固定してくる。

熱を含んだ瞳にじっと見つめられると、鼓動が激しく脈打ってしまう。

「ヴィオレッテさま、返事を聞かせていただけませんか？」

「も、もう私の答えはわかっているはずです。私に陛下の御心《おこころ》を拒む理由はありませ……」

「ルヴェリエの王女としてではなく、ただの女性として私を受け入れてくださいますか」

重ねられた求婚の言葉に、ヴィオレッテは息を呑《の》む。エルネストはヴィオレッテの頬を指で撫でながら、優しく微笑んだ。

「もしそうでないならば、同盟はそのままに、婚儀だけなかったことにしても私は構いません。あなたの心が傍《そば》にないのならば、虚《むな》しいだけですから」

エルネストの言葉に、ヴィオレッテは改めて喜びを感じてしまう。これほどまでに彼に求めてもらえるとは、思わなかった。

(どうしよう……嬉しくて堪らないわ……)

ヴィオレッテは恥ずかしさに頬を赤らめながらも、自然と笑顔になっている。

「お、受け……いたします……。私も、本当はフレデリクさまのことが好きで……諦《あきら》めなければいけないと、悲しくなっていましたから……」

「……っ」

エルネストが小さく息を吞んだあと、ヴィオレッテを胸の中に抱え込むようにして深くきつく抱きしめてきた。

水をかぶったままのため、上着が濡れている。顔を肩口から胸元にかけて強く押しつけられて改めてそのことに気づき、ヴィオレッテは身を起こそうとした。

「陛下、お召し替えを……」

「それはあとで構いません。今はあなたにくちづけたくて堪《たま》らない。あのくちづけからずっと……あなたの唇の甘さが忘れられずに夢にまで見たほどです」

え？　と思う間もなく後頭部をエルネストの片手が掴むようにして上向かせ、くちづけてきた。唇を押し開き、舌を潜《もぐ》り込ませてヴィオレッテの舌に絡みついてくる。熱く混じり合う唾液を互いに味わう、官能的で深く激しいくちづけだ。想いが通じ合ったあとだから、余計に与えられるくちづけは甘く心地よい。

「ん……んあ、あ……」

（恋した方と結ばれたくちづけ……こんなに幸せな気持ちになれるものなのね）

「あなたはもう……私のものです」

くちづけの合間に熱く囁かれて、ヴィオレッテは喜びに小さく震える。エルネストは絶え間なく唇の角度を変えてくちづけを与えながら、ヴィオレッテの背筋を撫《な》で上げた。たったそれだけでもひどく心地よく、ヴィオレッテはふるり、と震えてしまう。

「ん……んん……っ」

鼻先から自分でも信じられないような甘くねだる吐息が漏《も》れて、とても恥ずかしい。はしたない娘だと思われはしないかとヴィオレッテは身を固くしてしまったが、エルネストは煽《あお》られたかのようにさらにくちづけを深くしてくる。このままでは息ができなくなってしまうと、ヴィオレッテは訴《うった》えるためにエルネストの上着の胸元を強く握りしめた。

その手が、ビクッと震えてしまう。

エルネストはくちづけをしながらヴィオレッテの身体を片手で撫で回し始めてきた。ただ触っているだけではないと、ヴィオレッテにもわかる動きだ。背筋を撫で上げ、首元を指でくすぐるように触れ、また背筋を撫で下ろし——腰の窪《くぼ》みを丸く撫でてくる。そのままゆっくりと臀部に掌《てのひら》が降りてくるのを感じ、ヴィオレッテは身を捩《よじ》った。

「……んぅ……ん、ん……っ」

エルネストに触れられて嫌だとは思わない。それどころか、触れられて心地よい。けれど同時に恥ずかしくもある。怒涛《どとう》のように様々な感情がやって来て、ヴィオレッテはどうしたらいいのかわからない。

エルネストがヴィオレッテの下唇を柔《やわ》らかく噛んで、唇を離す。熱い瞳がヴィオレッテをじっと見つめてきた。

「あなたが、欲しい」

(そ、れは……私を、抱きたい、ということ……?)

求婚は受け入れている。だが婚儀は明日だ。まだ神にきちんと誓いを立ててはいないのにそんなことをしてしまっていいのだろうか。淑女《しゅくじょ》として、ここはどう答えるべきなのだろうか。

エルネストはヴィオレッテの答えを待たずに首筋に顔を埋め、くちづけてくる。

「あなたが欲しくて堪らない……」

「……ん……あ……っ」

感じやすい薄い皮膚を唇が軽く吸い、舌先が優しく舐める。初めて与えられる感触は体内に不思議な騒《ざわ》めきを生み、ヴィオレッテの唇から甘い吐息を紡《つむ》ぎ出させた。

「あなたのすべてを……私のものにしたい……」

熱く囁かれる情熱的な言葉とともに喉元に吸いつかれる。反射的に仰《の》け反《ぞ》ってしまうと、エルネストは逃さないとでも言うように腰に絡めたままの片腕に力を入れて強く引きつけ、覆いかぶさってきた。

肉食獣に捕食されているような感じがするのはどうしてだろう。そしてその感覚に悦《よろこ》びを感じ始めているのは、どうして。

身体を官能的に撫で回していたエルネストの片腕が上がり、ヴィオレッテの胸を掴んでくる。指が食い込むほどの強さは小さな痛みを覚えるほどだ。だが、その痛みも、不思議な心地よさに変わる。

「ヴィオレッテ……」

熱い囁きとともにドレスの襟《えり》ぐりにエルネストの手がかかり、引きずり下ろそうとしてくる。

「あ……駄目……」

鎖骨の辺りにくちづけていたエルネストが、視線だけを上げてくる。上目遣いの金色の瞳はすべてを奪い尽くそうとするような激しい獣性を含んでいた。

ヴィオレッテは見据《みす》えられて息を呑み、身を強張らせた。

（ああ、でもこんなエルネストさまも、素敵で……）

このままエルネストのものになってもいい——溢れる想いのままにヴィオレッテが身を委《ゆだ》

ねようとしたとき、ひどく冷たい感触がエルネストの方に生まれた。

ザバッ!! と新たな水がエルネストの頭から勢いよく落とされる。同時にしなやかな女性の手がヴィオレッテの肩を摑んでエルネストから引き離した。

おかげでヴィオレッテの方はドレスのスカート部分に雫が少し散ったくらいで、ほとんど被害はない。だがエルネストの方は長めの前髪が額や頰にべったりと張りついてしまうほどにずぶ濡れになっている。

エルネストの隣にはいつの間かユーグがいて、水差しを傾けていた。注ぎ口から最後の雫がエルネストの金髪に落ちている。

ヴィオレッテを引き寄せていたのはレリアだ。従者である彼らがなぜこんなことをするのかわからず、ヴィオレッテは驚いて言葉を失ってしまう。

髪先からポタポタと雫を落とすエルネストに、ユーグが言った。

「目が覚めたか、陛下?」

「……っ!!」

ハッと我に返ったかのように、エルネストが勢いよく顔を上げる。こちらに向けられた表情はひどく申し訳なさそうなもので、先ほどの獣じみた気配はどこにもなかった。

「す、すみません、ヴィオレッテさま! 失礼なことを……!!」

いつもの紳士的なエルネストの態度にヴィオレッテは少しホッとしつつも、首を振る。突然求められて驚き戸惑いはしたが、明日には婚儀を行うのだ。結ばれることはおかしくない。

「し、失礼なことはありません。わ、私たちは明日には婚儀を行うのですから……当然のことです」

何だかはしたないことを口にしてしまったような気がして恥ずかしくなり、ヴィオレッテの頬が赤くなる。濡れた顔でそんなヴィオレッテの表情を見たエルネストは、なぜか慌てて口元を片手で押さえ、目を合わせないようにしながら言った。

「すみません、着替えてきます！　ユーグ、手伝え！」

「かしこまりました、陛下」

生真面目に答えたユーグとともに、エルネストは逃げるように隣室に入ってしまう。何だか取り残されたような感じがして、ヴィオレッテは不安げにレリアを見た。

口紅を綺麗《きれい》に乗せた唇に柔らかい微笑を浮かべて、レリアは言った。

「お気になさることはありませんわ。ちょっとした男の事情です。ヴィオレッテさまもお召し替えをいたしましょう。どうぞこちらへ」

レリアが反対側の隣室に案内してくれる。そこは華美過ぎない品のいい調度で纏められた居心地のよさそうな部屋だった。

窓辺やドレッサー、書斎机の上などに薔薇の花が活けられている。赤、白、ピンク、黄色など、配色よく活けられていて可愛らしい。

「素敵……!!」

「こちらがヴィオレッテさまの私室になります。先ほどの居間がお二人の居間になり、陛下が入られたお部屋が陛下の私室です。入口と向かい合ってもう一つ奥に扉がありますが、そちらがお二人の寝室になります」

寝室という言葉はどうしても明日の初夜を連想させて、ヴィオレッテの身体が小さく跳ねるように震えた。

「ヴィオレッテさまのお世話は僭越《せんえつ》ながら私がさせていただきます。ご到着後すぐで申し訳ありませんが、お召し替えがすんだら明日の婚儀の進行の打ち合わせを……どうされました？」

衣装入れの扉を開けてドレスを見繕《みつくろ》っていたレリアが、ヴィオレッテを気遣ってくる。硬直していることに気づき、ヴィオレッテは慌てて笑いかけようとしたが、上手くいかなかった。

レリアがヴィオレッテの前に歩み寄り、膝《ひざ》をつく。

「ご心配なことがございますか？」

外見の妖艶《ようえん》さからはなかなか想像しづらいほどの優しく柔らかい声で、レリアが問いかける。ヴィオレッテはその声音に思わず素直に零してしまった。

「私……明日、陛下にご満足いただけるでしょうか……よ、夜のことに関しては、何も知らないので……」

夫婦の睦《むつ》ごとに関しては、小説や噂《うわさ》話程度の知識しかない。身体の相性が悪いと夫婦仲も悪くなるときがあると聞いたこともある。カミーユはそちらの方面の勉強は進んでしなくてもいいと言っていたから何もしなかったが、急に不安になってきた。エルネストが自分の身体に魅力を感じてくれなかったら同盟が破棄《はき》されることにはならないだろうか。

だがレリアはそれを聞くなりとても嬉しそうに笑った。

「それは素晴らしいですわ！　ヴィオレッテさまはすべてにおいて陛下が初めてなのですね」

改めて確認されると、とても恥ずかしくなってくる。頬に熱が上っていくのを自覚しながら、ヴィオレッテは俯いた。

レリアはにこにこ笑いながら続ける。

「それは陛下にとってはとてもとても嬉しいことなのです。ヴィオレッテさまにすべてを教えるのは陛下だけ！　男にとってこれ以上の素晴らしいことはございませんわ！　……まあその分、制御は利《き》かなそうですけどね」

最後の言葉は小さくなり過ぎて、ヴィオレッテには聞き取れなかった。とりあえず悪いことではなさそうだと教えてもらえてホッとする。レリアは女性としてもとても頼りになる人物のようだ。

「あの……私、これから精一杯頑張るわ。至らないところがあったら遠慮なく指摘して。陛下にがっかりされる王妃にはなりたくないの」

「いじらしい御方！　まさに食べてしまいたいほどですわ！」

レリアが立ち上がり、ヴィオレッテの両手を取る。

「陛下のお申し込みを快くお受けくださり、ありがとうございます」

何だか感謝の言葉がとても大げさな気がする。ヴィオレッテははにかみながら微笑んだ。

「大げさです……。陛下の方こそ、私を受け入れてくださり、ありがたいと思っています」

「お礼なんて仰らないでください。陛下はフレデリクとしてヴィオレッテさまに会いに行くたびにデレデレして帰られるんです。戻ればヴィオレッテさまのことばかり！　おかげでまだお会いしたことのないヴィオレッテさまのことを、すでによく存じ上げている感じがしましたわ」

ヴィオレッテの着替えをさせながら、レリアは言う。そんなにエルネストは自分のことをレリアに話していたのだろうか。それは部下とはいえずいぶんと親しげに思え、ヴィオレッテは羨ましくなる。

「あなたは、陛下の傍につくようになってからとても長いのかしら？」

「そうですね、陛下が生まれた頃から弟のユーグとともにお仕えしています。私の両親が陛下のご両親にそれぞれつかせていただいていたんです。こんな言い方をしたら失礼ですけど……陛下は私たちの可愛い弟のようなものですわ」

なるほど、家族のように長い時間を過ごしてきたのか。ならばこんなふうに主従関係以上に親しかったとしてもおかしくない。エルネストは幼い頃に両親を流行《はや》り病《やまい》で亡くし、叔父の後見を受けて若き頃に国王になったのだ。そんな彼を双子は支え続けてきたのだろう。

（私も、その陛下を支える存在にならなければならないわ）

この同盟が自分の代だけではなく次の世代にも続いていくように。

レリアが仕上げの腰のリボンを結び、ヴィオレッテを一歩離れてじっくりと見つめた。そのあとはとても満足げに笑う。

「お綺麗ですわ、ヴィオレッテさま。明日の婚儀でお召しになられる花嫁衣装の着付けをするのが今からとても楽しみです」

「ありがとう。皆をがっかりさせないように務めるわ」

「……」

レリアは何かを言おうとしたのか、少し唇を動かす。それに気づいて軽く小首を傾げるようにしながら視線で先を促したが、レリアは小さく笑って首を振っただけだった。


「……陛下」

ユーグの押し殺した低い声が背中にかかる。その声音に非難と叱責《しっせき》が含まれていることに気づいているが、なかなかそこから離れることはできなかった。

エルネストは着替えをすることもなく、ヴィオレッテの私室の扉に身を寄せ、片耳を押しつけて漏れ聞こえてくるレリアとの会話を盗み聞きしている。

ヴィオレッテが自分の私室に入るなりここに貼りついた。それもすべて、先ほどの激しく奪うようなくちづけと双子の制止が入らなければそのまま床に押し倒し——あるいは壁に押しつけてヴィオレッテのすべてを奪い尽くしていただろうことを、彼女が嫌悪していないかどうかが不安で堪らなくなり、様子を確認したかったからだ。

扉の厚みはそれなりのようで、会話は思った以上に多くは聞き取れなかった。だがそれでも漏れ聞こえてきた会話には自分を嫌悪する様子はなく、それどころか自分の妻としてこの国の王妃として精一杯頑張ろうとする意気込みが伝わってきた。

元々、ヴィオレッテの王女としての凛とした佇《たたず》まいにも惹かれていた。ヴィオレッテの態度から多分に自分に心を傾けてくれていただろうに——それでもルヴェリエの王女としての責務を忘れず、感情に流されないように努めていた。それが成功していなくともそうあろうとする心が、お飾りの王妃にはならないという安心感を与えてくれた。

そうした姿を見せながらも、好きなものに関わるときは子供のように無邪気になる。周囲に優しく気配りを忘れないようにする心も好きだった。彼女とならば、このトラントゥールの国をもっといい国にしていくことができるだろうと確信が持てた。いや、自分のこれからの未来で、彼女に隣にいてほしいと強く思った。

流れ落ちるウェーブの長い濃い金の髪、落ちついた雰囲気といつも微笑を絶やさないようにする緑の瞳、細くたおやかな肢体、ふっくらした唇——そこまで思ってエルネストは慌てて首を振る。

(いかん！　理性だ!!)

エルネストはかっ!!　と目を見開き、胸の中に沸き上がってきた欲望を抑え込む。

ひとまず嫌われていない様子に心から安堵《あんど》したエルネストは、ようやく扉から身を離して自室に戻る。ユーグがクローゼットを開け、一着を取り出しながら無言でこちらをじっと見つめてきた。

兄弟のように育った側近の一人であるユーグは、あまり多くを語らない。だが目はとても語る。今はエルネストの不躾《ぶしつけ》な態度を騎士にあるまじきことだと叱責している目だった。

着替える仕草でその叱責をかわしてみたものの、ユーグの視線はわずかなりともエルネストから逸らされない。こういうときのユーグの威圧感は結構堪《こた》えるものがあり、エルネストはボタンを留め終えたあとに苦々しく言った。

「……その……すまなかった。盗み聞きなどは、騎士にあるまじき行為だった」

「もう二度としないな？」

「……すまん。それは約束できん」

ユーグの眦《まなじり》がつり上がる。エルネストは再びの威圧感にたじたじとしながらも、自らの意思を伝えた。

「できぬに決まってるだろう！　彼女が私のことをどう思っているのか、私に対して少しでも嫌悪するところがあったら正さなければならない。彼女が私を嫌うことは決してあってはならないことなんだ！」

「……」

ユーグの瞳が、細められる。その瞳に浮かぶのは、呆れだ。

「……お前の言いたいことはわかってる……」

(自分でも、情けないと思ってる。だが……)

ユーグが、大きく息をついた。

「ほどほどにしておけよ」

「ああ、わかってる」

明日にはようやくヴィオレッテが自分の妻となるための儀式を迎えることができるのだ。想う人を何の障害もなく手に入れることができる。この幸運を手に入れることができるのだから、エルネストとしても浮かれ過ぎに気をつけなければならないと思うものの、なかなか上手くいかないところもある。

「よかったな、エルネスト」

ユーグが従者としてではなくともに育ってきた兄としての声音で、優しく言った。エルネストは一瞬驚いたように瞳を見開いたものの、すぐに嬉しそうに満面の笑みを浮かべる。この辺りはただの一人の青年としての表情だ。

だがすぐにエルネストは表情を改めた。

「だが、メラニー嬢が黙っていないとは思う」

「ああ……」

ふいに出た名に、ユーグが今度はひどく疲れたため息を零した。エルネストも同じ気持ちのため、指先で軽く額を押さえる。

「その点に関しては彼女に迷惑をかけてしまうことになるな」

それが、とても申し訳ない。

メラニーはミストラル公爵の一人娘であり、それゆえにこの国の女性たちの中では大きな力を持っている。そういう意味ではエルネストにとって厄介な相手だ。

「……殺してしまえたらいいのにな……」

ユーグとともにいるため、本音がぽろりと零れる。それにハッとしてエルネストは慌てて口元を押さえ、周囲を見回した。

もちろんこの部屋には自分とユーグしかいないが、ヴィオレッテの耳に少しでも今のような自分の言動が入ることにならないようにしなければならない。こんなふうに暗い感情は騎士にはふさわしくない。ヴィオレッテもきっとそう思うだろう。

(特に『あちらの方』をちゃんと抑えないとな……)

明日の件に関わることで、特に気をつけなければならないことだ。こればかりは自分の血に纏《まつ》わることだから、どうにもならない。自分の意思の強さが試されるようなものだ。このときこそ、騎士として鍛えてきた精神力を発揮《はっき》しなければならない。

エルネストの意気込みを感じて、ユーグが唇の端をわずかに綻《ほころ》ばせた。

「……まあ、頑張れ」

寝室に入るまでは本当にめまぐるしく時間が過ぎていった。この国に来てからようやく落ち着けるのが寝室だというのも、何だか複雑な気持ちだ。

婚儀の流れを確認し、エルネストをこれまで後見していた彼の叔父であるオーブリーに挨拶をした。政《まつりごと》の一線から引いた存在でありながらもエルネストが頼りにしているのはそのときのやり取りでよくわかった。エルネストに目元がよく似ていて、穏《おだ》やかで優しい雰囲気を持つ人物だった。

翌朝は花嫁衣装の着付けのために早くから起き、定刻通りに王城の中にある数々の儀式を行う宣誓の間で結婚の誓いを交わした。その後はかぼちゃ型の上部を取り払った馬車にエルネストと共に座ってお披露目《ひろめ》の儀であるパレードに参加した。エルネストの人気を示すかのように国民たちの歓声は高く大きく、ヴィオレッテを受け入れてくれていることがよくわかって嬉しかった。

主だった貴族たちが集まる晩餐会《ばんさんかい》でヴィオレッテのお披露目と挨拶をしたあと、頃合いを見計らってエルネストとともに夫婦の部屋に入った。城下では婚儀を祝う祭りが行われ、晩餐会も朝方まで続く予定だ。さすがにこの部屋まではその喧騒《けんそう》も届かず、ずいぶんと静かだった。

(でも、うるさい……落ち着いて、私の心臓……)

レリアによって丹念に磨《みが》かれ入浴を終え、夜着を一枚だけ纏った頼りない姿でヴィオレッテはベッドの傍に佇んでいる。エルネストはまだ支度が終わっていないらしく、ここにはいない。

待っていられるよりもいいと、ヴィオレッテは思う。エルネストがやって来るまでの間に、これからのことについての心の準備ができる。

といってもぼんやりとした知識しかないヴィオレッテには、そこに佇んだまま動くことができない。しかも身に着けている夜着はずいぶんと薄い生地で、淡いランプの光でも透けてしまうほどだ。もしこの部屋のランプの数がもう少し多かったら、肌の色も見えてしまっていただろう。

（こ、こんな夜着でいいのかしら……はしたない、ような……）

だがこの夜着はレリアがお勧めしてくれたものだ。彼女が自信満々に「これでいいのですわ！　陛下のお好みにとても合っているのです!!　もっと薄くてもいいほどですわ!!」と力説してくれた。自分よりもエルネストのことはよくわかっているだろうレリアの言葉だ。信じるしかない。

（私よりも陛下のことを……）

ともに過ごした時間の積み重ねが圧倒的に違うのだから、仕方がない。それにレリアは同性の自分から見ても魅力的な外見をしている。着付けを手伝ってくれた際に彼女が自分の近くに立っている姿が鏡に映ったが——婚礼の儀に参加することでドレス姿になっていた姿は、女の色香というものが滲み出してくるような感じがしたものだ。

豊満な胸に括れた腰、鍛《きた》えているせいか無駄な肉のない足や腕。肉惑的なのにいやらしい感じはまったくしない。それに比べて自分の方は、彼女の足元にも及ばない身体をしているように思える。

（レリアに比べると、子供っぽいような……）

これから初夜で、自分の生まれたままの姿をエルネストに見られてしまう。レリアのような女性を傍に置いているエルネストが、自分の身体に満足できるだろうか。もっと夜伽《よとぎ》のことについても勉強しておくべきだったのではないだろうか。

心の中であれやこれやと考えていると、寝室の扉がそっと押し開かれた。

「ヴィオレッテさま、よろしいでしょうか」

「……はっ、はいっ‼」

姿を見せたのはヴィオレッテと同じように夜着を纏ったエルネストだ。入浴後のさっぱりした顔で、エルネストは歩み寄ってくる。今は襟足に伸びている髪を結んではおらず、それが妙に色っぽく見えて、ドキドキしてしまう。

ヴィオレッテは小さく息を呑み、エルネストが近づくのを待つ。エルネストは少し躊躇《ためら》うようにしながら目の前で足を止めると、そのままじっと見下ろしてきた。

食い入るようにこちらを見つめてくる熱っぽい瞳に耐えきれなくなり、ヴィオレッテは恥ずかしげに俯いてしまった。

（だって……どうしたらいいのかわからなくなる……）

エルネストの熱い視線で身体に穴が空きそうだ。それでもエルネストは何もしてこない。

妙な沈黙だけが二人の間に横たわり続け、ますますどうしたらいいのかわからなくなる。どうしてエルネストはここに至ってまで何もしてこないのだろう。

耐えきれなくなって、ヴィオレッテは顔を上げようとする。何かを話しかけようとするヴィオレッテよりわずかに早く、エルネストが言った。

「あなたに触れても、いいですか？」

これから先の行為をしてくれるのだとわかり、ヴィオレッテはほっとして息を吐く。顔を上げて頷くと、エルネストがそっとヴィオレッテの身体に手を回し、柔らかく抱きしめた。

湯で温まったお互いの身体が密着する。薄い夜着のためか、エルネストの身体のかたちがはっきりとわかる。

力強い腕が、ヴィオレッテを包み込むように抱きしめる。そのまま頭がゆっくりと落ちて、ヴィオレッテの髪に頬を埋めるようにしてきた。大切なものを包み込んでいる感じがするのに、何かに必死に耐えているような感じもする。ヴィオレッテはおとなしくエルネストに身を委ねていた。

「……ああ、いい匂いがします。湯上がりのあなたは堪りませんね……」

エルネストが大きく息を吸い込んだ。耳元がくすぐったくて小さく震えると、エルネストがヴィオレッテの反応に小さく笑う。耳中にエルネストの吐息が入り込み、それほどまでに近いところに彼がいるのだと思い知らされて胸がドキドキした。

「……鼓動が高まっているのがわかります。やめますか？」

「……い、いいえ……っ」

ヴィオレッテは慌てて顔を上げて、首を振る。ずいぶんと必死な表情になってしまったが、構っていられない。

「や、やめないで……ください……」

まるでこの先をエルネストに強請《ねだ》っているような言葉に思えてしまい、ヴィオレッテは頬を赤くしてしまう。エルネストが小さく息を呑み、耐えるように眉根を寄せた。

「わかりました。ですが少しでも嫌なことがあったら教えてください。……まだ、止められますから」

ヴィオレッテが小さく頷くと、エルネストはヴィオレッテをふわりと抱き上げてベッドに横たえた。

ヴィオレッテとエルネストが横たわってもまだ十分に余裕があるほどの大きなベッドだ。寝心地もいいが、今はその心地よさも耳の下で脈打つ鼓動にかき消されてしまう。

されるがままにベッドに仰向けに横たわったヴィオレッテの上に乗り上がり、エルネストはさらに食い入るようにじっと見下ろしてきた。この薄い夜着ではほとんど裸と同じで、ヴィオレッテは自分の身体をまじまじと見られることに耐えきれずにきゅっと強く目を閉じ、両腕で自分を抱きしめるように胸元と腰の辺りに腕を置いてしまう。

エルネストが小さく笑って、ヴィオレッテの腕をどかした。

「隠さないでください。あなたの美しい身体をずっと見たいと思っていたのですから」

「……う、美しい……なんて……」

「美しいし、綺麗です」

エルネストが感嘆のため息とともに賛美の言葉を零す。自分のことを褒《ほ》めてくれるのはとても嬉しいが緊張でどうしたらいいのかわからず、身を固くして横たわり続けるだけだ。

ぎし……っとベッドが軋《きし》み、エルネストがヴィオレッテの上に覆いかぶさってきた。緊張している身体に、しかしエルネストの体温はとても心地いい。

「くちづけさせてください」

「……は、はい……」

エルネストの唇が、ヴィオレッテの額に押しつけられる。唇に来ると思っていたため意外さに驚いたからか、少し身体の緊張が緩んだ。エルネストはヴィオレッテの緊張を解すように、すぐには唇にくちづけてこない。こめかみや瞼《まぶた》、頬や耳元になどに唇を押しつけ、優しく啄《ついば》んでくる。

くすぐったいのに心地よい感触に、ヴィオレッテの身体の強張りも徐々に解けていった。

(優しく……してくれる……)

初めてのことに身を縮める自分を、気遣ってくれるのがわかる。だからヴィオレッテはエルネストの愛撫に身を震わせつつも、彼の瞳を見つめ返す。

怯《おび》えと不安、そして想う男に触れて愛してもらえる期待——様々な感情が混じり合い、ヴィオレッテの瞳は潤《うる》んでしまっていた。

エルネストが何か衝撃を受けたように小さく息を呑んで、ヴィオレッテから一度顔を離す。

「……唇に、くちづけさせてください……」

「は……い、んぅ……っ」

ヴィオレッテが頷くのとほぼ同時に、エルネストの唇が強く圧し潰すように重なった。それだけには止まらず、エルネストは食《は》むように唇を動かしてヴィオレッテの唇を押し開き、舌を潜り込ませてきた。以前よりも激しく濃厚なくちづけに、ヴィオレッテの意識もすぐにとろりと溶けてしまいそうになる。

「んぅ……んっ、ん……」

「ヴィオレッテさま、もっと口を開けてください……あなたの舌を、もっと味わいたい……」

「んん……ん、んぅ……っ」

くちづけの合間に強請《ねだ》られ、わけもわからないままヴィオレッテは口を開く。エルネストがヴィオレッテの口中に舌を伸ばし、縮こまってしまっていた舌に絡みついてぬるぬると擦り合わせてきた。

「……あぅ……んむ、ぅ……」

生々しいけれどひどく官能的な舌の動きが、気持ちいい。エルネストはヴィオレッテの唇をたっぷりと心ゆくまで味わったあと、大きく息をつきながら唇を離した。激しさと濃厚さを表すかのように、互いの舌先で唾液《だえき》の糸が繋がる。

「……は……はぁ……っ」

たったこれだけのくちづけでも、ヴィオレッテの息は荒く乱れ、胸が大きく上下してしまう。エルネストが堪らないというようにヴィオレッテの唇に軽くくちづけて言った。

「脱がせますよ。いいでしょうか」

「……っ」

ヴィオレッテは恥じらいながらも小さく頷く。

エルネストの両手がヴィオレッテの頬を撫で、首筋を辿り、夜着の肩紐をするりと滑り落とした。そのまま身体の側面を撫でるようにして夜着を引き下ろし、足元から抜いてベッドの端に落としてしまう。

初夜ということもあって、ヴィオレッテが肌にまとわせていたのはそれだけだ。エルネストの目の前に裸身を晒《さら》していることが恥ずかしい。

「綺麗です。理性が吹き飛んでしまいそうだ……あなたの胸に触りたい……」

「……は、い……」

エルネストの両手が、ヴィオレッテの肩口を撫で、胸元に落ちる。大きな掌がそっと乳房を包み込み、やわやわと揉《も》み込んできた。

「あなたの胸……とても柔らかくて気持ちがいいです……」

「んぁ……ん……っ」

丸く円を描くようにこね回されると、じん……っ、と下腹部が痺《しび》れるような心地よさがやって来る。その心地よさは下肢の間をしっとりと濡らしていくものだ。

ヴィオレッテはその感覚を散らそうとして、唇を必死に引き結ぶ。この感覚が続いてしまったら、はしたない声が漏れてしまいそうだった。

「……んぅ……っ」

「ヴィオレッテさま、どうぞ声を抑えずに……あなたが気持ちいいのかそうでないのかがわかりませんから」

濃厚なくちづけで唇を奪われ、開かされる。舌を絡め合うくちづけを交わしながら胸を揉まれているともっと気持ちよくなってしまう。

「……ああ……あなたの肌に触れるだけでは足りません……舐めても、いいですか？」

「……っ」

ひどく恥ずかしいことを聞かれていると、ヴィオレッテは濡れた瞳を見開く。そして少し非難するように、エルネストを見た。

「お、お願いです、陛下……私のことを気遣ってくださるのは嬉しいのですが、いろいろと尋《たず》ねられてしまうと……は、恥ずかしくて堪らなくなります……！」

言っているうちにも羞恥は高まり、ヴィオレッテは思わず両手で顔を覆ってしまう。エルネストが慌てた。

「も、申し訳ありません、ヴィオレッテさま！　あ、あなたに嫌な思いをさせたくはなくて……」

「そ、それに……どうしてまだ丁寧な口調なのですか……？」

国王としてのエルネストを見る限りでは、威圧的なほどではなくても若き国王らしい話し方をしていた。なのに今このときも、エルネストは自分に対しては従者のような口調を保ち続けている。それが何となく距離を取られているように思えて、ヴィオレッテは不満だった。

（不満を抱くなんて、いけないことかもしれないけれど……）

エルネストはヴィオレッテの問いかけに、少々困った顔になる。それから自分の気持ちを表すのにぴったりな言葉を探すように、話し出した。

「ヴィオレッテさまは、私にとってとても大切な人です。私はこの国の国王ですが……あなたは私の中での唯一絶対の姫なのです。ご存知ですか？　騎士は命をかけて主人、あるいは愛する者に忠誠を誓う存在。私にとって騎士として身を捧げ、命を捧げる相手はあなたしかいないのですよ、ヴィオレッテさま。ですから多分……この口調になってしまうんだと思います」

何だかこちらが想像していた以上にヴィオレッテのことを想ってくれているようだ。胸の奥がくすぐったく、甘く満たされた気持ちになる。

「で、ではせめて……さま、は取ってくださいませんか、陛下……。私はあなたの妃です。妻をさま呼ばわりする国王は、いないかと……」

「あなたがそう望むのならばそうしましょう。ではヴィオレッテ、私のことも陛下ではなく名前で呼んでください」

「エ……エルネスト、さま……」

まだあまり呼び慣れていない名だ。これを口にすると、妙に照れくさくなる。だがエルネストは嬉しげに笑った。

「呼び捨てでもいいのですよ」

「い、いけません……！　トラントゥールの国王陛下を呼び捨てになど……!!」

「……わかりました。でもいつか呼んでください。あなたの可愛らしい声で、二人きりのときにでも」

耳元に唇を寄せて、熱い息を吹き込むようにエルネストが言う。その感触にぞくりと背筋を震わせてしまいながらも、ヴィオレッテは小さく頷いた。

これから夫婦として一緒に過ごしていくのだ。年月を重ねていけば、エルネストの今の願いも叶えることができるだろう。

エルネストがそのまま耳に唇を押しつけ、外殻《がいかく》をそっと舐め始める。ぬるついた舌でねっとりと耳殻《じかく》を舐められると、熱い呼気が耳穴から入り込んできて、それがゾクゾクとした快感を生み出してきた。

「では、あなたが望むまま、もう許可は得ません。でも、安心してください。あなたを不快にさせることは決していたしませんから」

「……は、い……エルネストさまの、心のままに……」

「……っ」

ヴィオレッテの言葉に何か感じたのか、エルネストが両手に包み込んでいた乳房に指を食い込ませる。まだ男に慣れていない乳房は芯があり、そんなふうにされると小さな痛みがあった。

「……んぅ……っ」

（でも、気持ちがいい……）

「そういうことは、まだ言わないでください……我慢、できなくなる……」

「……あ……っ」

エルネストがヴィオレッテの乳房を揉みしだきながら、首筋に吸いついてきた。舌先で薄い皮膚を舐めくすぐりながら下りていきつつ、乳房の柔らかさを楽しむように揉み回す。鎖骨の窪みに何度もくちづけられ、ヴィオレッテの腰が揺れた。

「あなたの胸は……とても柔らかいですね。こんなに柔らかいとは思いませんでした」

「……あ、んぅ……っ」

「でも、乳首はこんなにしこり立ってきて……可愛いです。私にもっと触ってほしいと言っているみたいで」

エルネストの両の指が、乳首の根元をつまみ、きゅうっと押し上げる。固く張りつめた二つの粒を、エルネストの指が押し潰し、くりくりとこね回し始めた。

親指と中指で乳首の側面を擦り立てられながら、人差し指で時折軽く弾かれる。その度《たび》にびくんっ、と跳ねるように震えてしまい、ヴィオレッテは縋《すが》るものを求めて思わずエルネストの手首を摑んだ。

「……あ、あ……もう、それ、は……駄目、で……す……」

「指は駄目ですか。では口でしましょう」

エルネストは小さく笑いながら言って、片方の乳首を口に含む。熱く湿った口中に飲み込まれ、そこで舌先で細かく嬲《なぶ》られる。ぬめった感触だけでも堪らない心地よさがあるのに、時折強く吸われるとまた新たな快感が生まれてきて、ヴィオレッテは身悶《みもだ》えた。

「あぁ……あ……っ」

抑えようとしても堪えきれない喘ぎが、唇から零れてしまう。それをエルネストに聞かれたくなくて、ヴィオレッテはいやいやと首を振ってしまう。逃げ腰になってしまうと、エルネストは阻止するように自重をかけてきた。

押さえつけられて、胸を舐め回される。肌を吸い上げる音や舌を乳首に絡める音が静かな寝室内に聞こえるほどで、恥ずかしい。その淫《みだ》らな水音とともに上がるのは、本当に自分のものかと疑ってしまうほどに甘やかな喘ぎだ。

「……あ……あぁ……あっ。い、や……こ、んな、声……」

「可愛らしくて甘い声です。とても……興奮します」

エルネストの下肢が動き、ヴィオレッテの膝を割ってきた。足の間に男の引きしまった片足を感じて、ヴィオレッテは軽く息を詰めた。

そこが彼を受け入れる場所だとわかってはいても、まだ誰にも開いたことがない場所だ。

自分でもまともに触れたことがないため、どうしても身構えてしまう。

「大丈夫です。まだ入れません……もっとあなたを、蕩《とろ》かせてからです」

「……あ……！」

エルネストの膝が、ヴィオレッテのふっくらとした恥丘《ちきゅう》に押しつけられた。下肢を包む夜着はいつの間にか脱ぎ捨てられているようで、太腿《ふともも》の素肌が感じられる。

何をするのかと思いきや、エルネストはその片足でゆっくりとヴィオレッテの恥丘と割れ目を擦り立て始めた。

「……あ……っ？」

引きしまった滑らかな皮膚の感触が、心地よい。エルネストはヴィオレッテの乳房を愛撫《あいぶ》する動きを止めることなく、膝と太腿で秘密の入口をほぐし始める。

初めての感覚に戸惑っているとくちづけもされてしまった。三つの愛撫を同時に受け続けると、信じられないほどの快感がやって来る。

「……んぅ……んっ、んん……っ」

エルネストの足が、花弁《かべん》をそっと擦り立ててくる。疼《うず》くような気持ちよさがやって来ると同時に、花弁がしっとりと濡れ始めていくのがわかった。夫の愛撫を受けると女性はここが濡れていくと知ってはいたが、思った以上に恥ずかしい。

「……んぁ……ふ、あ……」

「濡れてきてくれましたね。可愛い……」

わずかに唇を離して、エルネストが嬉しげに囁く。恥ずかしくて顔を背けようとしたが、再びくちづけられてそれもできない。エルネストはただ擦り立てるだけではなく、次には膝で、くっ、くっ、とリズミカルに押し上げてきた。

「……んぁ……っ！」

唇の隙間《すきま》から、新たな喘ぎが漏れ出してしまう。エルネストはヴィオレッテの何かを探し当てるかのようにさらに膝を揺らした。

ぬちゅり、と花弁が押し広げられ、膝がある一点を押し上げる。花弁の奥に隠されていた何かを押されて、ヴィオレッテの腰が大きく跳ねた。

「……んぅ！」

「ああ……見つけました。あなたの、感じるところ……」

狙いを定めて、エルネストの膝がそこをぐりぐりと押し回してくる。激しくくちづけられ、乳房も乳首も両手で弄《いじ》り回されながら蜜壺《みつつぼ》の入口を——花芽《かが》を押し回されては堪らない。同時に与えられる過ぎる快楽にヴィオレッテは身悶え、やがて腰をせり上げるようにしながら身を硬直させた。

「あ……んぅぅっ!!」

目の前が眩《くら》むほどの快楽が、全身に襲いかかってくる。ビクビクと激しく身を震わせるヴィオレッテの花弁からは、とろとろと蜜が溢れ出していた。

達した高い喘ぎは、エルネストの唇に吸い取られてしまっている。エルネストはそれを混じり合った唾液ごとごくりと飲み込んだあと、ようやく唇を離してくれた。

「んは……は、はぁ……っ」

あまりに激しい快感だったため、呼吸が上手く整わない。ヴィオレッテは何が起こったのかわからず、ぼんやりと潤んだ瞳で自分の上にいるエルネストを見返した。

ヴィオレッテの視線を受け止めたエルネストは、感じ入ったように小さく身を震わせた。

「……堪りませんね……あなたのその蕩けた表情だけで、放ってしまいそうです……」

ヴィオレッテは何も言えずにエルネストを見つめることしかできない。初めての軽い絶頂に全身が熱く意識はふわふわと揺れていて、ただエルネストの存在だけを感じるだけだ。

初めての感覚はとても心地よいのに、エルネストのぬくもりをなぜだかとても近く感じたくなる。ヴィオレッテは甘えるように無意識のうちに手を伸ばし、エルネストの腕に触れていた。

細くしなやかな指先が肌に触れると、エルネストの身体が小さく震える。彼は堪えるように息を詰めると、ヴィオレッテの胸元に柔らかく唇を落とした。

「あなたは無垢《むく》な人だ。男を受け入れるには、もう少し蕩けた方がいいんです」

エルネストの身体が下肢の方へと下がっていく。そうしながらヴィオレッテの薄く汗ばんだ肌に優しいくちづけを与えてきた。胸の谷間から引きしまった腹部に、臍《へそ》に、柔らかな淡い茂みにと、くちづけが落ちてくる。その唇の感触も心地よくてヴィオレッテはされるがままになっていたが――エルネストの指が花弁をかき分け、解し開いた入口にくちづけられると、新たな快楽に震えてしまった。

「あぁ……っ！」

エルネストの両手はヴィオレッテの太腿に絡みつくようにして拘束《こうそく》し、花弁を肉厚の舌で舐め回してくる。一度達したそこは蜜でとろとろになっていて、エルネストの舌がひらめく度、ぬちゅぬちゅと音がするほどだ。

「……ああ……よく蕩けています。これならば私の指を入れても大丈夫そうです」

「……んぁ……っ」

骨ばった指が一本、ゆっくりと入り込んでくる。そうしながらもエルネストの唇は花芽を見つけて舌先で搦《から》め捕《と》るように舐めくすぐっていた。

ぬちゅっ、ちゅぷんっ、と淫らな水音が一層高くなり、ヴィオレッテはシーツを強く握りしめる。

「あ……はぁ、あっ、あぁ……っ」

舌の愛撫で指の圧迫感はあっという間になくなった。エルネストはもう一本指を飲み込ませ、その指を軽く曲げて蜜壺の壁を探るように擦ってくる。

「……んぁ……あっ、あ……あぁ……っ」

「あなたの感じるところを教えてください、ヴィオレッテ……ここはどうですか。ここは……？」

「あ……ああぁっ!!」

エルネストの指が、蜜壺の中で花芽の裏側にあたる部分を強く擦る。これまでとはまったく違う快感にヴィオレッテは大きく腰を跳ねさせ、悲鳴のような喘ぎを上げた。

エルネストは一瞬ヴィオレッテの反応に驚いたのか大きく目を見張ったものの、すぐに唇に笑みを浮かべる。

「見つけました。ここがあなたの感じるところですね。たっぷりと弄って差し上げます」

「……ひぁ……あっ、あんっ、んぁ……！　いやぁ……ん、そこ、は……」

エルネストの指が、グリグリとその一点を集中して攻め立てる。止めてほしいと懇願したくとも、全身が痺れてしまうような快感に上手く言葉が紡げない。

「んぁ……い……いや……ああっ、あっ、あっ」

その間もエルネストは花芽を舌先に捕え、転がしたり啄《ついば》んだり甘噛みしてきたりする。目の前が真っ白になる絶頂がやって来て、ヴィオレッテは全身を戦慄《わなな》かせながら二度目の絶頂を迎えた。

「ああああっ!!」

今度は唇をくちづけで塞がれてはいないため、高い喘ぎが響いてしまう。ヴィオレッテはそれをはしたないと恥じることもできず、ぐったりとシーツに沈み込んだ。

「……ん……素敵です、ヴィオレッテ。舐めても舐めても……溢れてきます……」

エルネストは嬉しげに言いながら、ヴィオレッテの蜜を味わっている。愛蜜を堪能したエルネストは、濡れた唇を舐めながら身を起こした。

獲物を前にした肉食獣のような表情を見て、ヴィオレッテは小さく身を震わせる。恐ろしいからではなく、彼に凄絶な男の艶を感じてしまったからだ。

エルネストはもどかしげに夜着を脱ぎ捨てると、ヴィオレッテに改めて身を重ねてくる。エルネストの引きしまった下肢が足の間に入り込み、両手が膝を掴んでぐっと大きく押し割った。

「あ……いや、恥ずかし……」

ひどく羞恥を駆り立てられる格好をさせられて、ヴィオレッテは抵抗できないまでもそう言ってしまう。エルネストは小さく笑って、ヴィオレッテの頬に優しくくちづけた。

「とても淫らで素敵です。大丈夫」

「で、も……あ……」

ぬるり、と、熱く丸みを持ったものが蜜壺の入口に押しつけられた。エルネストを見返すと、彼は形のいい眉を少し寄せて、下肢をゆっくりと動かしている。熱くて硬く、けれども不思議とつるりとしたそれが何なのか、おぼろげながらヴィオレッテにもわかった。

「あなたの中に……入らせてください。ずっと……このときを夢見ていました」

「……ん……っ」

ぬぷ、と先端が花弁を押し分けて入ってくる。ずいぶんと濡れているためか、痛みは思ったほどでもない。だが圧迫感がとても強く、ヴィオレッテは息を詰めてしまう。

エルネストはヴィオレッテの唇に宥《なだ》めるようなくちづけを与えながら、腰をゆっくりと押し進めた。

「すみません……痛い、ですか……？」

エルネストの瞳を見返せば、そこには何かを我慢してくれる表情が見て取れる。多分初めての男を受け入れる自分の身体を気遣ってくれているのだろう。それが嬉しいから、ヴィオレッテは微笑んだ。

「痛みは、さほど……でも、エルネストさまが私の中でいっぱいで……」

「一度、休みましょうか」

「いいえ」

ヴィオレッテはエルネストの首にしなやかな両腕を回し、そっと抱きつく。

「いいえ……私の中に、来てください。私を……あなたのものに、して……」

婚儀は政略だ。けれど、自分たちは想いを結ばせている。ならばここでエルネストに自分のために遠慮や気遣いをしてほしくない。

ヴィオレッテはエルネストにさらに強くしがみついて囁く。唇の位置は自然とエルネストの耳に押しつけるようになってしまっていた。

「あなたのものに……なりたいのです」

「……っ！」

エルネストが小さく息を呑んだあと、ぐぐっ、と容赦なく腰を押し進めた。圧迫感はますます強くなり、ヴィオレッテはしがみついたエルネストの肌に強く爪を立ててしまう。

エルネストはヴィオレッテを抱え込むように強く抱き寄せながら、腰を最後まで押し進めた。

「……あ……はぁ……っ!!」

ずくりとエルネストの男根を根本まで呑み込まされ、ヴィオレッテはせわしない呼吸を繰り返した。エルネストはヴィオレッテを抱きしめたまま動かず、じっとしている。

「……あなたの中に、全部……入りました」

「……は、い……わかり、ます……」

脈打つ男根の感触が――それがまだ狭い蜜壺をぎちぎちと押し開いている感触が、よくわかる。けれどそれが愛《いと》しいエルネストのものであれば、この苦しさもとても愛おしく感じられた。

ヴィオレッテは繋がった喜びを伝えようと、肩口に伏せていた顔を上げてエルネストを見ようとする。だがエルネストはヴィオレッテの後頭部を押さえつけた。

「駄目です。今のあなたの顔を見たら、ひどくしてしまいそうで……」

「……ひど、く……?」

エルネストが何を言おうとしているのかわからず、ヴィオレッテは小首を傾げてしまう。

エルネストは直後にゆっくりと腰を動かし始めた。

「動き、ます……つらくなったら、言ってください」

「……んあ……あっ、あ……」

男根がずるりと引き抜かれ、雁首《かりくび》で止まると今度はずぷりと奥まで入り込む。内壁を張りつめた先端で擦り立てられ、ヴィオレッテは新たな快感に身を捩った。

「……つらくは……ない、ですか……？」

「……は、い……あ、あぁ……」

エルネストの腰が動くにつれ徐々にだが圧迫感はなくなり、教えられる快楽が強まっていく。ヴィオレッテはエルネストの身体にしがみつく腕に力を込めた。

「……エルネスト、さま……」

「……ヴィオレッテ……すみません。激しく動いてもいいですか」

エルネストの声には、耐えている感じがある。そうさせたくなくて、ヴィオレッテはすぐに頷いた。

エルネストはヴィオレッテの唇に感謝のくちづけを与える。そのくちづけにとろりと瞼を閉じた直後、エルネストの抽送《ちゅうそう》が言葉通り激しくなった。

「……んぁ……っ!?」

大きく広げさせたヴィオレッテの足の中心に、エルネストは腰を叩きつけるようにしてくる。膨《ふく》らんだ亀頭がヴィオレッテの膣中を容赦なく擦り、最奥をコツコツと刺激した。本能的に逃げ腰になるとエルネストの両手ががっしりと掴み、自らに引き寄せるようにしてきた。

「……逃がしません」

「あ……あっ、あっ、あんっ!!」

ぐぷぐぷと男根が蜜壺の中で暴れ回り、ヴィオレッテに容赦なく快感を教え込む。腰の奥が震えるような法悦《ほうえつ》に、ヴィオレッテは抗《あらが》う術を持たない。

エルネストはヴィオレッテの肩口を掴んでシーツに押し込むようにしながら、さらに腰を激しく振った。

「……ああ、そうでした。ここが……あなたのいいところでしたね」

「……っ!!」

ヴィオレッテがひときわ大きく反応した場所をエルネストは覚えていて、そこを執拗《しつよう》に亀頭で攻め立ててくる。ヴィオレッテはシーツを強く握りしめ、揺さぶられる動きを受け入れることしかできない。

「ああ、ヴィオレッテ……ヴィオレッテ……!」

エルネストの声が切迫し、狂おしげに名を呼んでくる。その声にすら感じてしまい、ヴィオレッテの蜜壺がきゅうっと収縮した。

「……ん、あ……ヴィオレッテ……!」

「あ……あぁっ、あ……っ!!」

エルネストがこれまで以上に強くヴィオレッテを抱きしめ、腰をせり上げる。ヴィオレッテも本能のままにエルネストにしがみつき――互いの絶頂は直後にやって来た。

どくどくとエルネストの熱い精が放たれる。自分の体内を満たすその熱を、ヴィオレッテは打ち震えながら受け止めた。

（ああ……エルネストさまの子種が、私の中に……）

それがとても嬉しく、誇《ほこ》らしい。ヴィオレッテが大きく息をつくと、エルネストが少し身を起こしてくちづけてくる。

「素晴らしかったです……ヴィオレッテ」

「……ん……あ……」

舌を搦め捕られ、強く吸われる。エルネストを喜ばせることができたことが、ヴィオレッテは嬉しかった。

妻として王妃としての一番はじめの仕事を無事に終えられたことにホッとしたためか、一気に眠気がやって来る。エルネストよりも先に眠ってしまうわけにはいかないと必死で瞼を持ち上げるが上手くいかない。

そんなヴィオレッテの様子に、エルネストは優しく笑いかけて引き寄せる。ヴィオレッテに腕枕をしてくれた。

「お休みください。少し無理をさせました」

「でも、エルネストさまより先に……」

「気になさらないでください。でも……そうですね。もしよろしければお目覚めになったあとに、もう一度。足りません」

優しくいたわりに満ちた声音でも、エルネストの欲望が垣間見《かいまみ》える。エルネストに我慢をさせてしまっていることがわかり、ヴィオレッテは頬を赤くしながらも小さく頷いた。

「はい、少し休ませてもらえたら後には……」

「待ちます」

まるで待てをさせられている大型犬のようだと思うのは、失礼だろうか？　ヴィオレッテはエルネストの裸の胸に頬をすり寄せ、例えようのない幸福感に包まれながら浅い眠りに落ちていった。


浅い眠りから目覚めれば、言葉通りエスネストがヴィオレッテの身体を貪《むさぼ》ってきた。

「あ……んあ、あ……っ」

エルネストの肉棒が、ヴィオレッテの蜜壺の中で暴れ回るかのように出入りする。覚えての快楽を何度も引き出され、二人の繋がった場所は愛蜜《あいみつ》と先走りでぐちょぐちょだ。エルネストはヴィオレッテの膝を肩に担ぎ、両手を繋いでシーツに押しつけ、荒々しく腰を突き入れてくる。

汗がエルネストの顎先からひとしずく滑り、ヴィオレッテの胸の谷間に落ちた。そんな些《さ》細《さい》な刺激にもぴくりと跳ねるように反応してしまうのは、身体が敏感になり過ぎているからだろう。

「ヴィオレッテ……あなたの身体はどこもかしこも素晴らしい……」

「ん……んあっ、ああっ」

片手が外され、その手が下肢に伸びる。貫きながらエルネストはヴィオレッテの膨らんだ花芽に触れ、蜜で濡れたそこを指で抉《えぐ》るように弄り回した。張りつめた先端に中の感じやすいところを刺激されている上、さらに快楽を送り込まれては堪らない。ヴィオレッテは泣き濡れた喘ぎを上げ続けてしまう。

「んぁ……あっ、あぁっ!!」

「ヴィオレッテ……っ！」

エルネストが、強く腰を押し入れてきた。亀頭が子宮口に届き、ヴィオレッテはビクビクと震えてしまう。それは埋められたエルネストの肉棒を根本からきゅうきゅうと締めつけるものになった。

「あ……はあ、ヴィオレッテ……なんて、締めつけだ……これでは、私がもちません……っ」

少し恨めしげに言った直後、エルネストは急激に動く。速くなった腰の動きに身を震わせ、互いの絶頂を目指していく。

エルネストがヴィオレッテの両足を自分の腰に引きつける。ぐりっと最奥を押し開かれ、ヴィオレッテは絶頂にあられもない喘ぎを上げた。

「……あああぁっ!!」

「……ん……出る……っ」

エルネストが低く呻《うめ》くと、体内に彼の欲望が熱く放たれた。最奥《さいおう》に叩きつけられる吐精の感触に、ヴィオレッテは身を震わせる。最後の一滴までも注ぎ込むつもりらしく、エルネストは射精の衝動が収まるまで小刻みに腰を振った。

「は……はあっ、は……」

浅い眠りではまだ初めて男を受け入れた疲労は拭いきれない。それでもエルネストが求めてくれるなら、応えたくなる。ヴィオレッテは自分の体内を満たしていく熱に震えながら、エルネストのくちづけを受け止めた。

これでエルネストの劣情も治まっただろうとヴィオレッテは大きく息をついたが——すぐに、自分の中に納まったままの彼自身が硬さを少しも失っていないことに気づいてぎょっとしてしまう。

「……エ、エルネスト、さま……」

「もう一度……いいですか？」

ヴィオレッテに許可を求める口調ながらも、エルネストの手は動いて身体の位置を変えてくる。正面から抱き合う体勢だったのに今度は横向きにされ、エルネストが背後に回った。

「え……っ！」

ヴィオレッテの片足を押し上げ、ぱっくりと開かせた中心にエルネストが背後から入り込む。ブランケットは激しい行為にベッドの端からずり落ちてしまっているため、視線を下肢に向ければ繋がった場所が淡い明かりの中に晒されているのがいやでもわかってしまう。

「あ……ああっ、こんな……格好を……っ」

「入り方が変われば、また新たな快感がやって来ます」

「んぁっ、あっ、ああっ」

確かにエルネストの言う通り、先ほどまでとは違う角度で蜜壷の中に入り込んできた男根は、また新しい快感の場所をヴィオレッテに教えてくれた。背後にいるエルネストの唇はヴィオレッテの耳を甘噛みし、耳穴を舌で犯してくる。同時に片手が繋がった場所に伸ばされ、ぷっくりと膨らんだ花芽を押し揉んできた。

「……ふぁ……あっ、あぁ……っ」

「……んっ、あなたは入れられながらここを弄られるのがいいようですね……っ」

襞《ひだ》がきゅうっと収縮して肉棒を絞り上げ、エルネストも眉根を寄せてそれに耐える。だが腰の動きは煽られているように、がくがくとヴィオレッテを押し揺さぶるほどに激しい。

目の前が真っ白に塗り染められる快感がまたやって来て、ヴィオレッテはエルネストの逞《たくま》しい胸に背中を押しつけながら仰け反った。

「……ああああっ!!」

ヴィオレッテの絶頂と同時にエルネストも達して、どくどくと精を注ぎ込んでくる。ヴィオレッテは荒い呼吸で胸を上下させ、茫洋《ぼうよう》とした瞳を閉じることもできない。

「愛しいヴィオレッテ……私の精をすべて飲み込んでください」

「……あ……あぁ……」

これ以上はきっともう飲み込みきれない。繋がった場所からは、とぷ……っ、とエルネストの精が溢れ出してしまっているのだ。

ずるりと男根が引き抜かれ、ひくついた襞も引き出されてしまうようなその感覚に、ヴィオレッテは打ち震える。エルネストも荒い呼吸を繰り返していたが、その瞳からはまだまだ獣性が消えていなかった。

濡れた唇をぺろりと舐めて、エルネストはヴィオレッテの身体をうつ伏せにする。腰を摑んで引き上げられ、ヴィオレッテはぐったりしながらも慌てて背後を振り返った。

「エ、エルネストさま……ま、まだ、終わらないのですか……!?」

「そうですね。あともう一度」

にっこりと笑いながら、エルネストが背後から男根を突き入れる。濡れて綻んでいる花弁は、当然のようにエルネストの雄を受け入れた。

「……んあ……！」

「ああ……素晴らしい。あれほど愛したのに、まだあなたのここはきつく熱く私を受け入れてくれる……」

「あっ、んぁっ、ああっ！」

新たに突き入れられながら、ヴィオレッテは乱れる息の下でエルネストに問う。

「……こ、こんなに……んぁっ、する……ああっ、もの……なの、で……すか……あぁっ」

「そうですね……私たちは新婚ですから」

押し入れた男根でぐりぐりと奥を押し回されて、ヴィオレッテは喘ぎを高める。エルネストはしなやかな背筋に舌を這《は》わせながら、至極《しごく》当たり前のように答えた。

「可愛らしい妻を夫が求めるのは当然のことです」

【3】

カーテンを優しく押し開く気配とともに、明るく清々《すがすが》しい日差しが瞼《まぶた》を刺激してくる。ヴィオレッテは小さく呻《うめ》くと、その光に促されるまま瞳を開いた。

男装ではあるものの平服のレリアが、気遣う微笑みを浮かべてこちらを見つめている。

「おはようございます、ヴィオレッテさま。大丈夫ですか？」

「……レリア……」

身を起こしたヴィオレッテは、これまでないほどの気怠《けだる》さを感じながら自分の隣を見やる。一緒に眠っていたはずのエルネストがいないことに、心臓が跳ねた。

(ま、まさか、昨夜の私に呆れて……!?)

思い返してみるが、昨夜の情事の最後はまるで覚えていない。ということは、エルネストの与える情熱に応えきることができず、意識を失って眠ってしまったということだ。妻として王妃として何て情けない！

「レ、レリア、エルネストさまは!?」

「執務をなされております。ヴィオレッテさまには今日はゆっくりしていただき、王妃勉強については明日からで構わないと言付けが」

「そういうわけには参りません。陛下が執務をもう始めておられるのでしたら、私も……」

いつも通りにベッドから降りようとして、ヴィオレッテははっと我に返る。情事の余韻を色濃く残したままの全裸だったのだ。

「……きゃ……っ！」

ブランケットを引き寄せ、ヴィオレッテは自分の身体をできる限り隠す。よくよく見れば、エルネストのくちづけの痕《あと》が胸元や首筋、肩や脇腹、内腿にまで散っている。昨夜、どれだけ激しく深く愛されたのか、これを見られれば一目瞭然《いちもくりようぜん》だ。

王妃が王に愛されることはとても喜ばしいこととはいえ、とても恥ずかしい。レリアはこんな自分をどう思っただろう。

恐る恐る反応を窺《うかが》えば、レリアはにっこりと笑って用意していた大判のタオルでヴィオレッテの身体を包み込んでくれる。

「お疲れさまでした、ヴィオレッテさま。陛下のお求めに健気《けなげ》に応じていられたのでしょう？　そうでなければ昼過ぎまでお目覚めにならないなんてこと、ありえませんもの」

「……え!?　お昼!?」

教えられた時刻に驚いて時計を見れば、間違いない。昨夜、意識を失ってから一度も目が覚めた記憶がない。それだけエルネストの求め具合は凄かったのか。

「さあ、湯浴《ゆあ》みの準備を整えております。まずはお着替えをいたしましょう。そのあと、陛下とご一緒に昼食を」

「……え、ええ……」

他の召使いたちにもこのあられもない様子を見られてしまうのかと思ったが、湯浴みを手伝ってくれたのはレリアだけだった。彼女は今まで自分を世話してくれたどの召使いたちよりも手際よくかつ丁寧にしてくれる。

首筋にも散っているくちづけの痕を隠すために、レリアが選んでくれたドレスは耳元まで届く襟《えり》の高いドレスだ。真っ白な絹でできたそれは、絹の上に見事なレースをすべて貼っているものである。スカートの膨《ふく》らみはそれほどではなかったものの、チューリップのように丸みを帯びて広がる裾《すそ》は、女らしさを強めるものだった。

髪も柔《やわ》らかく纏《まと》めてくれて、ヴィオレッテはいつも通りの自分が鏡にいるのを確認する。袖《そで》も手の甲を覆うほどに長く、脱がされなければあの淫《みだ》らなしるしを見られることはない。

(エルネストさまったら……嬉しいけれど、これは行き過ぎだとお教えしなくては……)

騎士として誠実に丁寧にいつも接してくれていた彼が、情事のときは野獣のようだった。けれど恐ろしさというよりは背筋がゾクゾクするような男の艶《つや》を感じ、ヴィオレッテはそれを思い出して身震《みぶる》いする。

「ヴィオレッテさま？」

レリアの呼びかけに、ヴィオレッテは慌《あわ》てて笑顔を浮かべた。

「何でもないわ。エルネストさまのところに行きましょう」

エルネストの執務の手際のよさは定評がある。エルネスト自身がこの国のことによく心を傾け、様々な知識を今でも吸収し続け、それらを国に惜《お》しみなく与えているからだ。

昨年エルネストが自ら指揮を執《と》って行った灌漑《かんがい》工事のおかげで、この国の下水処理はまた一歩進化した。その恩恵を民たちは受け、今年の夏の流行病の発生は昨年よりも少なくなっていた。

同時にエルネストは騎士としての剣技も高く、騎士団長ですら二度に一度は負けてしまう。そういった実力を兼ね備えた若き王だからこそ、国民もエルネストを慕《した》うのだろう。

特に今日は焦《こ》がれて求めた存在を名実ともに手に入れたことによって、いつも以上に執務に精が出ている。それはエルネスト自身も自覚していることだった。

兄弟のように育ったユーグにも、それがわかっているだろう。相変わらずの無表情ではあったが、纏う空気は優しいものだ。何も言わなくとも自分が浮かれていることを微笑ましく思っている。

「この書類は関係部署に回してもう一度精査してもらってくれ。ここの数値に疑問を感じる」

ユーグが頷いて差し戻された書類を受け取る。その書類でちょうど区切りがつき、エルネストは大きく息をついた。

――思い出されるのは昨日のヴィオレッテの姿だ。これまでは婚約者の使者としてしか会うことができなかった。そのときに見せてくれた顔しか知らない。昨日の彼女はエルネストが知らない彼女ばかりだった。

昨日のヴィオレッテは婚礼衣装を身に纏い、輝くばかりに美しかった。美しいだけではなく、王妃としての自覚を持とうと決意する顔は気高く、そして自分を夫として――愛する男として健気に受け入れてくれた。

しがみついてくる腕と快楽の涙を思い出すと、身体の奥底がぞくりと震える。昨夜はとても甘く満たされる時間だったが、正直な気持ちを言えば――足りなかった。その甘さを知ってしまったからこそ、足りない。まったくもって、足りない。

だからといってヴィオレッテに自分の気持ちを押しつけるのも躊躇《ためら》われる。健気なヴィオレッテなら自分の熱情を懸命に受け入れてくれるだろうとわかるから余計だ。

(昨夜だけでも三回……いや、四回？　してしまったし……)

何とかそれ以上をせずにすんだのは、ついていけなくなったヴィオレッテが終《しま》いには気を失ってしまったからだ。そんなことになっても熱は治まることなく、エルネストはヴィオレッテの柔らかな身体を抱きしめて耐えるしかなかったのだ。

昨夜はとても満足しつつ、けれども耐えなければならない時間もあって、何とも複雑な時間だった。

(ああ、いや、違う。それでもやはり、とても満たされた夜だった)

この苦しみも、ヴィオレッテが自分の妻として傍《そば》にいてくれなければ生まれないものだ。

エルネストは昨日の婚儀から自分が傍を離れるまでのヴィオレッテの様々な顔や仕草、声を何度も思い返しては口元を緩《ゆる》めてしまう。

「ヴィオレッテさまと一緒に昼食を取るのだろう？　それをちらりと見やったユーグが言った。その顔をもう少し引きしめておいた方がいい」

「……何っ？　そんなにだらしない顔をしているか⁉」

言われてエルネストは、慌てて頬を指で押さえる。触った感じではニヤけているようには思えないのだが。

ユーグは無表情でエルネストを見つめ、こっくりと頷《うなず》いた。エルネストは慌てて表情を改める。

「これなら大丈夫か？　凛々《りり》しく見えるかっ？」

元々整った顔立ちで自国の女性たちの人気を得ているエルネストだ。ヴィオレッテとの同盟のための結婚がなかったら貴族令嬢たちの間で凄まじい争いが起こっただろう。だがヴィオレッテのことを思うとき、エルネストの端整で凛々しい顔は本人が気をつけていないと周囲に少々示しがつかないほどに甘い顔になってしまう。

「昼食はヴィオレッテさまと二人きりだろう？　そこまで取り繕う必要はないと思うが」

「そういうわけにはいかん！　彼女に常にふさわしい夫でないとな！」

「……骨抜きだな……」

少々呆《あき》れたようにユーグは言ってしまう。その言葉に対してエルネストの返しはとても清々しい。

「ああ、骨抜きだ。それが問題あるのか？」

たとえ問題があったとしてもあらゆる手段を使ってなかったことにするのだと、ユーグには付き合いが長い分、よくわかっている。

「今日の午後、メラニー嬢がヴィオレッテさまに挨拶《あいさつ》に来られるとのことだ」

「そうか……」

頷くエルネストの声は苦味を帯びている。本来ならばヴィオレッテに一瞬でも近づけたくない存在だが、拒《こば》みきれないのだ。女社会の中に自分が入るのにも限界がある。

「彼女の傍には必ずレリアをつけろ」

「レリアもそのつもりだ」

双子の血の繋がりだけではない信頼感を持って、ユーグは言う。エルネストも同じ信頼をレリアに持っているからこそ、笑顔を浮かべた。

直後、執務室の扉がノックされる。

「陛下、失礼いたします。昼食をご一緒させていただけると伺《うかが》い、こちらに参りました」

「……っ」

弾けるようにしてエルネストは執務机に片手をつき、そのままひらりと飛び越す。回り込めばいいだけなのだが、そのわずかな瞬間も惜しいほどだった。

大股で扉に近づいたエルネストが、自ら扉を開ける。この場合それをするのはユーグだが、主人の突然過ぎる動きには彼でさえついていくことができない。

扉をエルネストが開けると、ヴィオレッテが驚いた顔を見せる。エルネストは満面の笑みを浮かべた。

「わざわざ来ていただいて申し訳ありません」

「い、いえ……こちらこそ、お待たせして申し訳ありません」

ヴィオレッテが丁寧に頭を下げてくる。こういうところも彼女の心根がわかるところだ。エルネストは小さく首を振ったあと、ヴィオレッテの姿を改めて見つめる。

どんな衣装もヴィオレッテは着こなす美しさを持っているが、この白いドレスもよく似合っている。レースの繊細さが昨日の婚礼衣装を連想させ——同時に昨夜の情事も思い出させた。想像ではないヴィオレッテの淫らで艶めいた姿を思い出すと、下腹部によからぬ熱が溜まりそうだ。

(い、いかんいかん！　私は流されないぞ!!)

初代トラントゥール国王が認めた騎士の心得十条を大急ぎで心の中で唱《とな》えると、まずい熱も何とか引いてくれる。ふう、と息をついたエルネストを、ヴィオレッテが心配げに見つめてきた。

「エルネストさま？　お疲れなのでは……」

「いえ、私は何も。お疲れなのはヴィオレッテ、あなたの方でしょう」

エルネストはヴィオレッテの前髪をそっと掌でかき上げるように撫《な》でる。エルネストにしてみればまったくもって足りないのだが、初めてのヴィオレッテにはそれなりにつらかったはずだ。

ヴィオレッテはほんのりと頬を染めて俯《うつむ》く。

「わ、私も……だ、大丈夫です。そ、それに昨夜は私の方こそ、陛下にご満足いただけず……」

満足するまで付き合うことができなかったことを詫《わ》びるヴィオレッテの恥じらう姿は、エルネストが思う以上に可愛《かわい》らしく健気なものだった。自分たちの夫婦生活を良きものにしようと考えてくれているのがわかる。

公務のことなど忘れてこのままヴィオレッテを抱き上げ、寝室にこもってしまいたいところだ。だがトラントゥールの国王であることを放棄《ほうき》はできない。それは高潔なる騎士精神からも外れてしまう。

（ここは我慢だ！）

それに、夜になればヴィオレッテに触れることができる。自分たちはもう夫婦なのだから。

無理矢理自分をそう納得させたあと、エルネストはせめてこれくらいは……と、ヴィオレッテの頭頂に軽くくちづけた。

「どうか気になさらないでください。昨夜のあなたはとても素晴らしかった。さあ、お腹が空かれたでしょう。一緒に昼食にしましょう」

晩餐《ばんさん》用の食堂のテーブルではなく、明るい光がふんだんに入ってくるサンルームの丸テーブルに昼食は用意されていた。食堂と違って座る位置に距離はなく、エルネストがすぐ傍にいてくれて嬉しい。しかも国王であるというのに、エルネストがスコーンやパンを取り分けてくれる。いくら何でも国王が……と恐縮すると、にっこり笑って「じゃあ、お返ししてください」と言われてしまった。ヴィオレッテもエルネストの皿にいろいろと取り分けてやり、二人で味のことや昨日の婚儀のことなどの他愛もない話をして過ごす。室内に控えている召使いは双子しかいなかったため、余計にくつろげてしまった。

（い、いいのかしら……こんなにのんびりしてしまって……）

食後の茶を飲んでしばらくすると、エルネストが表情を改めた。

「あなたの王妃教育について、お話しします」

ヴィオレッテも居住《いず》まいを正した。そうだ。自分はトラントゥール国の王妃として嫁《とつ》いだのだから、その役目と責務はきちんと果たさなければ。

「基本的にはレリアがあなたの教師としてつきます。あなたご自身もこの国に嫁ぐため、様々なことを学んでくれているとカミーユから聞いていますから、その点は何も心配していません」

「あ、ありがとうございます……」

自分でも頑張ってきた自信が少しはあるが、こうして当たり前のように褒《ほ》めてもらえると嬉しい。ヴィオレッテは少し頬を染めて微笑んだ。

エルネストは何かに驚いたかのように軽く目を見張ったあと、わざとらしく咳《せき》払いをしてから続ける。

「ですからレリアが導くまま、あなたはこの国の王妃としての勉強を始めてください。ただ……王妃である以上、あなたはこの国の女性社会の中心となります」

「何か、私に問題がありますか？　遠慮なく正直に仰《おつしや》ってください」

もし自分に問題点があるのならば、早急に正さなければならない。ヴィオレッテは真摯《しんし》にエルネストを見返して問いかける。

エルネストは申し訳なさげに首を振った。

「あなたに問題など一つもありません。ただ、わからず屋という者はどうしても存在してしまって……」

エルネストの口調は苦い。恐らくは彼にもどうすることもできないのだろう。ヴィオレッテは安心させるように笑う。

「大丈夫です、エルネストさま。トラントゥール国国王に嫁ぐということがどういうことなのか、わかっているつもりです」

大国の妃になることは、決して喜ばしいことばかりではない。女同士の目に見えない戦いもある。特にヴィオレッテはそれらの戦いを勝ち得てエルネストの傍にいるわけではないのだ。いろいろと良からぬ思いを向けられたとしても仕方がない。

（ここは、エルネストさまに頼るものではないわ）

騎士の妻ならば戦いがあるかもしれないときに怯《ひる》んではいけない。ヴィオレッテはエルネストに向ける笑みをさらに心強いものにするように努める。

ヴィオレッテの思いはエルネストにきちんと伝わったようだ。彼も笑みを浮かべて続ける。

「今日の午後、ミストラル公爵令嬢のメラニー嬢があなたに会いたいと。メラニー嬢はあなたとの結婚がなければ、私の妃候補一位だったでしょう」

何のために会いたいと言ってきたのか、何となく想像がつく。心配そうな顔をするエルネストに、ヴィオレッテは笑顔を見せ続けた。怯んでしまいそうになるが、そんな自分を情けないと叱咤《しった》する。

（これも王妃としての役目よ。逃げることも怯むこともできないわ）

「かしこまりました。お任せください」

「何かあればすぐにレリアに相談してください。必ず彼女があなたを助けます」

レリアを見れば視線に気づいた彼女が顔を向けて、とても頼もしげな笑顔を見せてくれる。

ヴィオレッテは笑顔で頷いた。

「ありがとうございます、エルネストさま。レリア、よろしくお願いするわ」

穏《おだ》やかで和やかな昼食は、ヴィオレッテからするとずいぶんと早く終わってしまった。時間的なことを考えれば通常よりもゆったりと過ごしたのだが、ヴィオレッテには足りない。もう少し一緒にいたいと思ってしまい、慌てて自身を戒《いまし》めてエルネストを午後の執務に送り出した。

エルネストもヴィオレッテと少しは同じ気持ちになってくれたのか、別れる際には名残惜しげになかなか離れず、終いには呆れ返ったのだろう——何しろ彼の表情の動きは乏《とぼ》しく感情を読み取るのに苦労する——ユーグに襟首を摑まれ、引きずられるようにして執務室に戻ったのだった。

メラニーが来るまでにはまだ少し時間があり、その時間を利用してレリアが明日からのカリキュラムを説明してくれた。だいたい一ヶ月ほどで終わるように組まれている。

主にトラントゥール国のしきたり、歴史、現在の貴族構成を勉強するようになっている。外からわかるこの国のことについてはヴィオレッテも自分なりに学び続けていたため、このカリキュラムはもっと実践的なものに思えた。

具体的なカリキュラムの内容を知ると、さらに身が引きしまる。まだ説明の段階とはいえヴィオレッテの話を聞く様子はとても真剣だった。

そうこうしているうちに召使いがメラニーの到着を教えてくれる。ヴィオレッテは応接間へ通すように伝え、立ち上がった。

「レリア、メラニー嬢とはどういう方なの？」

「良くも悪くも幼い方です。歳は妃殿下の二つ下なだけなのですが」

レリアがヴィオレッテのドレスの乱れを確認しながらにべもなく言う。あまりにも正直過ぎる言葉に、ヴィオレッテは軽く目を見張ったほどだ。

だが、変に隠されてしまうよりはいい。ヴィオレッテはレリアの言葉を胸に留め、待ち人のところへと向かった。


応接間にはメラニーだけだと思ったのだが、なぜかミストラル公爵も同席していた。特に問題はなかったものの予想外の人物にヴィオレッテは少々驚いてしまう。

ヴィオレッテが上座の一人がけソファに座ると、メラニーが父親とともに優雅に腰を落として挨拶してきた。どこかの王女といってもおかしくないほどに洗練された仕草で、ヴィオレッテは感心してしまう。

大輪の花が咲き誇るような派手な雰囲気を持つ女性は、結婚の儀の参列者の中にいた者だった。

ヴィオレッテと同じ年頃になるが、顔立ちは自分よりも幼い。とても可愛らしい人形のような顔立ちとくるくるカールする茶髪が可愛いのだが、やけに濃いめの化粧をしていて魅力が半減してしまっていた。もしかしたらまだ幼げな顔立ちを気にしているのかもしれない。

（もったいないわ。お化粧のせいで勝気な感じもしてしまっているし）

「はじめまして、妃殿下。お忙しいところ、お時間を取らせてしまい申し訳ございません」

ヴィオレッテは穏やかな微笑を浮かべて首を振った。

「気にしないでください。お顔を見せていただけて嬉しいです」

「そう言っていただけて安心しました。わたくしはこのトラントゥール国ミストラル公爵令嬢です。わたくしはこの国において一番の権力と立場を持つ令嬢ですの」

片手を自分の胸に押しつけるようにしながら、メラニーは実に誇《ほこ》らしげに続ける。

「ルヴェリエとの同盟などがなければこのわたくしが陛下の妻となり、この国の王妃になっていたのです！」

「……こ、こら、メラニー！」

ミストラルがぎょっと目を剝《む》いて、娘の口を押さえる。だがメラニーはそれに対してひどく不満げに父親を睨《にら》みつける。

ミストラルは娘の口を押さえたままで、申し訳なさげに頭を下げた。

「大変申し訳ございません、妃殿下。今の娘の暴言、どうかお許しください。私の方からきちんと仕置きを与えますので」

「……何を仰いますの、お父さま！　妃殿下はまだトラントゥールに来たばかりですのよ。ご存知ないことをお教えするのは当たり前のことですわ!!」

父親の手を振りほどいて、メラニーが力説する。そのままヴィオレッテに向き直り、勝ち誇ったように笑った。

「ですから妃殿下、わたくしの言葉はこの国の女性たちを代表しての言葉だとお思いくださいませ。そもそもこの同盟を快く思っていない者もいます。そういう者が存在していることを決して忘れてはなりませんことよ！　それに妃殿下よりもわたくしの方が陛下のことを愛しております。幼い頃よりずっと、陛下はわたくしの憧《あこが》れの君でいらしたのですから！」

おーっほほほほっ!!　とそのまま高飛車《たかびしゃ》な高笑いが続きそうに自信に満ちた言葉は、王妃に対する不敬罪として斬り捨てられても文句を言えない暴言だ。だがメラニーは自分が言うにふさわしいと信じている。ヴィオレッテは怒りを覚えるよりも呆気《あっけ》に取られてしまい、何も言えない。

そんなヴィオレッテの代わりに、レリアが耳元で囁《ささや》いた。

「ヴィオレッテさま、ここで斬り捨てましょうか。陛下の許可は必要ありません。ヴィオレッテさまを『傷つけるもの』はどんなものでも斬り捨てて良いとの命を受けております」

(いったいどんな命なのかしら……)

何だか深く追及してはいけないような気がして、ヴィオレッテは慌てて首を振る。

そもそもメラニーの言葉に驚きはしたものの、不快感は感じていない。レリアがメラニーのことを子供っぽいと言っていたことに納得できた。

(それに、この子の言葉は素直過ぎて……だから、ちゃんと聞いておかないといけないと思うわ)

確かに同盟がなければ、ルヴェリエ王国のような小国の王女が大国であるトラントゥールに嫁ぐ機会さえ与えられないだろう。メラニーの言葉はもしかしなくともトラントゥールの民の隠された不満を教えてくれるのかもしれない。ヴィオレッテは落ち込みそうになる気持ちを上書きするためにそう思うことにした。

「とても大切な助言をどうもありがとう、メラニー嬢。よろしければ仲良くしていただけませんか？　あなたが仰るように、私は昨日トラントゥール国に来たばかりの未熟な妃です。いろいろと教えてくださ い」

ヴィオレッテは椅子から立ち上がり、両手を腹部で重ね合わせて頭を下げた。どのような理由があろうとも、教えを請うからにはきちんと礼節は守らなければならないとヴィオレッテは思っている。

メラニーは一瞬キョトンとした表情になったあと、すぐに高慢な笑みを浮かべて頷いた。

「お話のわかる妃殿下で嬉しいですわ。あなたはあくまでもお飾りの王妃。ルヴェリエとの同盟がなければこの大国トラントゥールに足を踏み入れることもできなかった者です。真のトラントゥール王妃になるにふさわしいのはわたくしですの。そのことをよくよくお忘れなきように」

「……メラニー、今日はこのくらいにしておこう。妃殿下は昨日の婚儀のお疲れが残っていらっしゃる」

「ひ弱な妃殿下ですのね。この騎士の国の王妃であるのならばもう少し……」

「……メラニー」

ミストラルが少し強めに娘の名を呼ぶ。メラニーは渋々ながらも頷き、部屋を出ていく。ヴィオレッテはレリアに言った。

「レリア。メラニー嬢をお送りして」

レリアが頷いてメラニーを導いていく。娘の不敬を詫びるためか、ミストラルはすぐに娘のあとを追わずヴィオレッテに深く頭を下げてきた。

「重ねて申し訳ございません。娘は陛下をお慕いしておりましたゆえ……」

「気になさらないでください、公爵。あの……少しお時間をいただいてもよろしいですか」

ヴィオレッテの誘いにミストラルは少々驚いた顔になったものの、すぐに指し示したソファに座り直す。ヴィオレッテも腰を下ろすと、膝の上で両手をゆっくり重ねながら言った。

「メラニー嬢のお言葉……決してご令嬢のお心だけのことではないと思います。メラニー嬢と同じような考えを持つ方が、他にもこの国にはいらっしゃるのでは……？」

エルネストからはそんな話を聞いたことはない。婚儀の席でもヴィオレッテの耳にそのような言葉は入ってこなかった。

ミストラルはヴィオレッテの問いかけに少し困ったように眉根を寄せる。それだけの仕草で自分の予想がかなりの確率で当たっていることが感じられた。

ヴィオレッテは小さくため息をつき、そのあとに背筋を伸ばす。

「どうぞ、遠慮なくお話しください」

「陛下は何と仰られていますか？」

「陛下は私にとても優しくしてくださっています。双子の従者たちも陛下の意を受けて、とても心地よい気遣いをくれます。ですが私はそこに甘えていてはいけないのでしょう」

「……ご立派なお心がけです」

ミストラルの声に、ほんのわずかに不快気な雰囲気が滲《にじ》む。何か彼にとってまずいことを口にしてしまったかとヴィオレッテが問いかけるよりも早く、ミストラルが咳払いのあと、言った。

「確かに妃殿下のご心配している通りです。トラントゥールとルヴェリエの同盟はなくても良いだろうと考える者も何人かいます。ただルヴェリエの芸術性、歴史の古さ、そして唯一の宝石である虹彩石《こうさいせき》の利益はトラントゥールに有益です。だがそれならば、ルヴェリエを同盟国ではなく属国としてしまえばいいのではないかと声を上げている者もいます」

「……そうですか……」

ヴィオレッテは小さく息を呑《の》む。

過去の歴史のように、トラントゥールの中にもルヴェリエを奴隷《どれい》にしようとする考えがあるのか。そんなことには絶対にさせられない。民は守るべき者であり、奴隷として使役《しえき》する者ではないのだ。

トラントゥールの歴代の王の政策を思い返せば、その可能性は限りなく低い。歴代の王たちは騎士としての誇りを持ち、高潔な精神を持っている。エルネストも国のためによく尽くす王だ。

（可能性は低いわ。でも……その声がどんどん高くなってしまったらどうなるの……？）

これ以上声を高めないようにする――自分がここでしなければいけないことは、それだ。エルネストの妻として、この国の王妃として、誰もが納得し良き者だと思ってもらわなければならない。

ヴィオレッテは無意識のうちに膝《ひざ》の辺りを強く握りしめている。教えてもらわなければエルネストからの愛情を受けて、うっかり者になってしまうところだった。ヴィオレッテはミストラルに改めて目を向け、微笑みかけた。

「教えてくださってありがとう、公爵。愚《おろ》かな王妃にならずにすみそうです」

「いえ、どうぞお気になさらずに。私は陛下の臣下、それは同時に妃殿下の臣下でもあります。何かお役に立てたのでしたら嬉しいことです」

騎士としての挨拶をしながら、ミストラルは言う。その誠実な様子はさすがエルネストの部下だと思えるものだった。だからこそ、この父親の教育を受けてもメラニーのような令嬢になってしまうのかと世の不思議を見た気がする。

退室していくミストラルを扉まで見送りながら、ヴィオレッテは言った。

「あの……公爵、これからも助言をいただいてもよろしいでしょうか。陛下は私にお優しい方なので、私が知らないことがあるかもしれませんし」

「私でよろしければいつでもお声をかけてください。その代わりといっては何ですが……これからも娘は妃殿下に失礼なことをしてくるかもしれません。どうぞ世間を知らない無知な娘だと、お許しいただけないでしょうか。私も娘の教育にはこれまで以上に力を入れていきますので……」

父親らしい言葉は、ヴィオレッテを微笑ましい気持ちにさせた。笑顔を崩さず、ヴィオレッテは頷く。

ほっと安堵《あんど》の吐息を零《こぼ》して立ち去っていくミストラルを見送り、ヴィオレッテは扉を閉めてソファに戻った。まだレリアは戻ってこない。

（私はこの国の王妃として――もっと頑張らなければ！）

明日から始まる王妃教育に向けて、ヴィオレッテは改めて決意を固めた。

王妃教育が始まると、ヴィオレッテはその内容の濃度についてすぐに進言した。レリアが新婚の自分たちのことを気遣っているのか、思った以上にゆとりを持たせたものだったからだ。

メラニーとミストラルの話を聞いてしまった以上、ここで甘やかされてしまっては意味がない。だからヴィオレッテはエルネストと一緒にいるときにレリアに授業の内容をもっと濃いものにしてもらうように頼んだ。エルネストは少々渋い顔をしたものの、ヴィオレッテの意気込みを嬉しく思ってくれ、望みを叶えてくれた。おかげでここ数日、ヴィオレッテは勉学にひどく忙しい時間を過ごしている。

ユーグも協力してくれて、ヴィオレッテが自習に詰まったときに居合わせたときなどはさりげなく指導してくれていた。充実した毎日を過ごし、この国の知識を吸収していくことはヴィオレッテにとっては不安を解消する唯一の方法だ。とにかく周囲の者たちに王妃としてふさわしくないと言われないようにと、懸命になる。

カリキュラムに合わせて図書室から持ち出された本を読み終えてしまったヴィオレッテは、読書で凝《こ》り固まってしまった身体を解すために自ら本を返しに行くことにした。ずいぶん熱心に読み耽《ふけ》っていたようで、動くと心地よいわずかな痛みが感じられた。

図書室に続く回廊は幾つかあるが、その中でヴィオレッテは眺めがいい中庭を突っ切るのを選んだ。中庭に入ると鋭い金属音が耳を打ち、顔を上げるとエルネストがユーグを相手に剣の稽古《けいこ》をしているところだった。

鋭く激しく剣を撃ち合う二人には、どちらも隙《すき》がない。エルネストが撃ち込む剣をユーグが受け止めていたが、ユーグの表情には少し苦しげなものが見て取れた。

練習用の刃を潰した剣ではなく、本当に人を殺すことができる剣だ。ヴィオレッテなどでは両手で持つこともできないだろうそれを、二人はまるで身体の一部のように扱《あつか》っている。同時に稽古とはいえ、一振りに込められた剣気は凄まじいものがある。

ヴィオレッテの前では優しい顔しか見せたことがないエルネストだったが、このときばかりは戦いの顔になっている。少し、自分を求めるときの彼の獣性を帯びた顔に似ている。

（ああ、そうだったわ。トラントゥールの先祖は獣人だという言い伝えだったわね）

とはいえ、今の世ではそれはもうおとぎ話だ。時折先祖がえりをして特別な力を持つ者が生まれるとも聞くが伝聞の域を出ず、ヴィオレッテは一度もそのような不思議な現象には出会ったことがない。

トラントゥールの民たちは先祖が獣人の血を引くゆえに、闘争心と身体能力が常人よりも高いらしい。その高ぶりやすい気持ちを抑えるために、騎士道を重んじ、清冽《せいれつ》な心根を愛する国民性になったと学んでいる。

その凜々しく力強い剣技に、ヴィオレッテは思わず見惚《みと》れてしまう。エルネストが素敵なことはフレデリクであったときから知っているはずだったが、こうした戦う姿はまだ一度も見たことがなかったのだ。

（トラントゥールに来て、エルネストさまの知らない部分を知れているようで……嬉しい）

「……っ」

エルネストがヴィオレッテが見ていることに気づいてハッと動きを止める。こちらに背を向けているユーグはヴィオレッテの存在にはまだ気づけていなかったらしく、エルネストにちょうど反撃の一撃を与えようとしていた。

「危な……！」

振り下ろされる刃に対して、ヴィオレッテは焦《あせ》って声を上げてしまう。だがエルネストはこちらを見たまま無造作に思えるほどあっさりと片手を上げ、ユーグの剣を持つ腕を摑んで止めた。

「ヴィオレッテ！」

同じ王宮内におり、食事や茶の時間をともに過ごしているにもかかわらず、エルネストが嬉しそうな笑みを見せる。ヴィオレッテに会えて嬉しいとでも言いたげな笑顔は、こちらがとても照れくさくなるほどだ。

「……」

小走りでエルネストはヴィオレッテの前に近づくと、手元の本を見て目的地を予想してくれる。

「図書室に行くのですか。私もご一緒しましょう」

剣を鞘《さや》に納めながらエルネストは当たり前のように言ってくる。ヴィオレッテは慌てて首を振った。

「一人で行けます。稽古のお邪魔をするわけには……」

「私があなたと一緒にいたいんです。それにこれは単なる息抜きで、稽古というほどでもないんです」

言いながらエルネストはユーグに目を向ける。ユーグは軽く頷き、執務室へと戻っていった。無言のやり取りはヴィオレッテが羨《うらや》ましくなるほどの信頼感を感じられる。

エルネストが本に手を伸ばし、それを代わりに持ってくれた。ヴィオレッテは遠慮しようと思ったものの、エルネストの愛情満ちた気遣いが嬉しくて甘えてしまうことにする。

「ありがとうございます、エルネストさま」

「このくらい大したことありません。勉強はどうですか」

「はい。レリアがいろいろと気遣ってくれているのでとてもわかりやすいです。わからないところが出てきたときは、ユーグも教えてくれますし」

「そうですか。……私に聞いてくれてもいいんですよ」

微笑みの中で、エルネストが呟《つぶや》く。その声音に少々の不満が感じられて、ヴィオレッテは軽く目を見張った。

(もしかして……拗《す》ねていらっしゃる……？)

「……あの……陛下は執務にお忙しいでしょうから……」

「それは気にしないでいいんですよ。あなたのために私はできる限りのことをしたいんですから」

エルネストの初めて見る少し子供っぽいところを発見して嬉しくなり、ヴィオレッテは小さく笑った。

「わかりました。今度は遠慮せずにエルネストさまにも教えを請わせていただきますね」

「はい、ぜひそうしてください」

ヴィオレッテはエルネストとくすくす笑い合いながら、図書室へと向かう。整理している召使いもおらず、室内は知識の静寂《せいじやく》に満ちていた。ヴィオレッテは背表紙に貼られているラベルから戻す位置を判断し、エルネストとともにそちらに向かう。

きっちりと一冊分の空白があり、エルネストがそこに本を戻してくれた。

「ありがとうございました、エルネストさま」

「いえ。ですが……ヴィオレッテ」

図書室を出ていこうとしたヴィオレッテの進行を遮《さえぎ》るように身を寄せたエルネストが、そっと頬に触れてきた。

指先の感触にドキリとし、ヴィオレッテは息を詰めてしまう。もしかしてここでくちづけをされるのかと、期待にも似た気持ちを抱いてしまう。

だがヴィオレッテの予想に反して、エルネストは言った。

「目が少し赤く充血してます」

「……っ！」

ヴィオレッテは慌ててエルネストから顔を背ける。清冽な彼の隣に立つ王妃が疲れ目であるところを周囲に知られるのは恥ずかしい。戻ったら蒸しタオルで目を少し休めた方がいいだろう。

「も、申し訳ありません。みっともないところを見せてしまいました」

「そんなふうに言ってはいけません。あなたが王妃教育に対して懸命に頑張っている証拠です。みっともないことなんてありません。少し無理をしているのではありませんか？」

エルネストの片手が、優しくヴィオレッテの頬を撫でてくれる。その掌の感触がとても優しくいたわりに満ちていて、ヴィオレッテは思わず眠くなるような感覚に捕らわれ、目を閉じてしまう。

（エルネストさまにこうして触れてもらえると……とても気持ちいいの……）

エルネストの気配が、さらに自分に近づいてきた。それに気づいて瞳を開くより早く、ヴィオレッテの目元にエルネストの唇がそっと触れていた。

柔らかいくちづけに、ヴィオレッテの疲労もあっという間に拭《ぬぐ》われるようだ。ヴィオレッテはエルネストのぬくもりに身を委《ゆだ》ね、唇を受け止める。

エルネストはヴィオレッテの目元から耳元にくちづけ、額に移動し、鼻先に軽く唇を押しつけたあと、そっと唇を重ねてくる。柔らかく押しつけられた唇が、おもむろにヴィオレッテの唇を押し開いてきた。ゆっくりと食《は》むように動いた唇に導かれるまま自分のそれを開く。

エルネストの舌が潜《もぐ》り込み、ヴィオレッテの口中をゆっくりと味わってくる。搦《から》め捕《と》られる感触にヴィオレッテの身体から力が抜け、エルネストの腕に縋《すが》りついてしまう。

「……ん……んぅ……」

「……ヴィオレッテ……」

吐息の合間に呼びかけられる囁きも、ヴィオレッテの快楽を高めるようだ。ふるりと身を震わせると、エルネストの腕に力がこもって閉じ込めるように強く抱きしめてきた。仰け反ってしまうほどの深く激しいくちづけに、ヴィオレッテの意識が思わず遠のいてしまいそうになる。

「……あ……んぁ……」

エルネストがヴィオレッテの苦しげな喘《あえ》ぎに気づくと、ハッと我に返って抱擁《ほうよう》を解いてくれる。

「……す、すみません！　こんなところで……っ」

エルネストがひどく申し訳なさげに詫びてくる。

「すみません……あなたが急にとても愛《いと》おしく感じられて、我慢ができなくなりました……騎士として、あるまじきことです」

肩を落として詫びの言葉を重ねるエルネストに、ヴィオレッテは恥ずかしげに頬を染めながらも小さく首を振った。

「……大丈夫、です……。少し、驚いただけで……」

「出ましょう。このまま二人きりでいたら、自信がありません」

何の自信が……と問いかける前に、エルネストはヴィオレッテの手を取って図書室を出ていく。ヴィオレッテは頬の赤味を片手で押さえながら、エルネストのあとに続いた。


入浴はエルネストが気を遣ってくれているのか、いつもヴィオレッテを優先してくれる。日々の勉強疲れをたっぷりの湯で解したあと、ヴィオレッテは夜着を纏ってベッドに入った。夫婦の寝室ではもちろんベッドも一緒だ。ヴィオレッテはエルネストが入浴を終えて傍に入ってくるのを待っていた。

エルネストは毎晩、ヴィオレッテを愛する。ヴィオレッテもそうしてもらえればとても安

心できた。王妃としての役目の一つは必ず果たしているると感じられるのはもちろんのこと、その役目だけではなくエルネストがとても自分を大切にしてくれていることが様々な仕草でわかるからだ。

けれど、不安になる。エルネストが何かを我慢しているようにも思えるからだ。エルネストが自分の身体で満足できていないのだろうということは、感覚でわかる。だがエルネストのためにどうしたらいいのかわからない。彼を満たしてあげたいのに、その手段がわからない。自分の身体で満足できないのならば、どうしたらいいのだろう。

王妃教育に専念しなければならないのに、気づけばエルネストのことをあれこれと考えてしまっている。こんなことではいけないのに。

（エルネストさまに、満足してもらいたい……）

だからヴィオレッテは先に眠ることなく、エルネストがやって来るのを待っていた。だが、今夜は図書室での件もあったせいかいつも以上の眠気がある。エルネストが戻ってくる前に眠るのはいけないと、ヴィオレッテは明日のカリキュラムの予習を兼ねて教本を読んでいた。

（……選択を間違ったわ……かえって眠く……）

うと……と頭が前に倒れたとき、寝室の扉が開いてエルネストが姿を見せた。ヴィオレッテは慌てて閉じた本をサイドテーブルに置き、ブランケットをそっとめくる。

エルネストがすぐにそこから入り込んできて、ヴィオレッテの身体を柔らかく抱きしめてきた。

「湯冷めをするといけないからちゃんと潜り込んでいてくださいといつも言っているのに……」

「大丈夫です。エルネストさまが温かいですから」

ヴィオレッテはエルネストの胸に寄り添う。清潔な石鹸《せっけん》の香りはヴィオレッテが纏うものと同じだ。湯で温まったエルネストの身体は、こうしているだけでとても心地よく――また、眠くなってしまう。

「ヴィオレッテ」

エルネストがヴィオレッテの顎先《あごさき》を指で捕え、くちづけてきた。舌を絡め合わせる濃厚なくちづけはとても心地よく、エルネストの舌の動きが気持ちよくて、ヴィオレッテの眠気がますます強まってしまう。くちづけに酔わされただけではない理由でとろりと瞳を閉じて応えていると、エルネストが優しく身体を撫でながら言った。

「今夜はこのまま眠りましょう。あなたは疲れている」

「……そ、んなことありません……」

ヴィオレッテは眠気を必死で飲み込みながら、エルネストに言う。一晩くらい愛されなくともエルネストと不仲にはならないだろうが、ヴィオレッテ自身も彼に愛されたいと思っている。エルネストが与えてくれる愛撫から彼の想いが伝わってきて、嬉しく安心できるのだ。

「大丈夫です。どうぞ私を、エルネストさまのお好きにしてくださいませ」

エルネストが、小さく息を吞む。それが何かを耐えているように思えたから、ヴィオレッテは自分からエルネストの胸元に擦り寄った。

「わかりました。では……あなたを良くして差し上げます」

「え……？」

自分だけなんて――とヴィオレッテは言おうとするが、エルネストの手によってうつ伏せにさせられてしまう。

「……え……あの、エルネストさま……っ？」

顔が見えないことが少し怖くなり、ヴィオレッテは戸惑《とまど》いの声を上げる。エルネストはヴィオレッテの傍で半身を起こすと、夜着の上から背中に触れてきた。

肩甲骨《けんこうこつ》の辺りを指先でぐっ、ぐっ、と押し解してくる。脇腹の辺りを両手で包み込み、掌でリズミカルに押し解し始めた。

「あ……っ」

凝《こ》った筋肉が解されていく気持ちよさに、ヴィオレッテは思わず甘い吐息を零してしまう。

「ああ……背中が張っていますね」

「エ、エルネストさま……あの……」

国王であるエルネストにしてもらうことではないと、ヴィオレッテは慌てて起き上がろうとする。だがエルネストの手によって、再びベッドに戻されてしまった。

「私が好きにさせてもらっているだけです。そのままで」

「で、も……あぁ……」

エルネストの手が肩口に上がり、肩と首筋を解してきた。その気持ちよさにヴィオレッテの抵抗はあっという間に蕩《とろ》けて消えてしまった。

「気持ちいいですか？」

「……は、い……とても……」

「それはよかった」

エルネストは嬉しそうに笑い、ヴィオレッテの身体を解してくれる。とろとろと微睡《まどろ》むほどの気持ちよさに包まれ、ヴィオレッテはされるがままだ。

しばらくすると、ずいぶん身体が楽になってくる。自分でも思った以上に身体が凝っていたのだと認めざるを得ない。

「今度は……私がエルネストさまにも、して差し上げますね……」

「楽しみにしています。……もう少し触ってもいいですか？」

小さく頷いた直後、エルネストの両手が脇の下から前に回り、ヴィオレッテの胸の膨らみを包み込んできた。突然のことに驚いたものの、揉《も》み込まれる掌の動きが気持ちいい。

「……あ……あぁ……」

エルネストがヴィオレッテの身体に重みをかけないように気をつけながら背中に身を重ね、項《うなじ》に柔らかくくちづけてくる。ゾクゾクとするような快さに、ヴィオレッテは身悶《みもだ》えてしまう。

「エ、エルネスト……さま……」

「今夜はあなたに触れるだけです。このまま身を任せてください」

「あ……あ、ん……っ」

胸の先端が、ゆっくりと立ち上がり始める。その粒をエルネストの指が挟み込み、くりくりと押し揉み始めた。

快感に感覚はすぐに支配され、ヴィオレッテは控え目ながらも甘い喘ぎを上げてしまう。エルネストはヴィオレッテの髪を唇でかき分けると、現れた耳裏をねっとりと舐《な》め上げた。

「……んぁ……っ」

ピクンと身体が大きく跳ねてしまう。エルネストはヴィオレッテの喘ぎに触発されたのか、胸を激しく弄《いじ》り始めた。

「……あ……んぁ、あぁ……っ」

薄い夜着越しでは何だかもどかしい快感だ。ヴィオレッテは身を震わせ、与えられる感覚に喘ぐ。

エルネストの唇は熱い吐息とともにヴィオレッテの感じやすい耳を攻めた。そうしながら両手はゆっくりとヴィオレッテの女性らしいしなやかな稜線《りょうせん》をなぞり下りて、細腰へと辿り着く。

夜着の裾がたくし上げられ、裸身にされるのだと思ったが——エルネストの両手はさらに力を込めて、ヴィオレッテの腰を持ち上げた。

「あ……え……っ」

自然と膝をついてしまい、腰だけをせり上げる格好になる。夜着の裾は腰まで捲《めく》り上げられていて、これでは臀部《でんぶ》が丸見えだ。そのことに気づいて、ヴィオレッテは慌てて手を伸ばし、裾を引き下ろそうとする。だがエルネストがそれよりも早く、丸い臀部にちゅっと音を立てて吸いついた。

「……エ、エルネストさま……？」

「あなたはお尻も可愛らしい」

「……っ」

形を確かめるようにエルネストは臀部にくちづけ、舌を這《は》わせてくる。ねっとりと唾液《だえき》を乗せたぬめる舌で尻を舐められる快感は、ひどく背徳的な気分だ。エルネストにいけないことをさせているような気がしてしまう。

「……も、もう……その辺でおやめくださ……あっ？」

エルネストの指が、臀部をやわやわと揉み解してきた。座ったままの授業が多いため、そこも確かに凝っている。解されると気持ちがよくて、ヴィオレッテの抵抗の力はまた失われてしまった。

エルネストは臀部をしばらく揉み解したあと、不意に両手に力を込めて鷲摑《わしづか》みにしてくる。親指が割れ目に潜り込み、ぐっと力を込めて押し広げてきた。

「……あ……いや……駄目……っ！」

割れ目が空気に晒される。そこはエルネストの愛撫《あいぶ》によって、とろとろと蜜を滲ませていた。

「素敵です、ヴィオレッテ……もうこんなに濡れている……」

「あ……あぁ……見、ないで……」

エルネストの熱い視線が花弁《かべん》に注がれているのが、感覚でよくわかる。ヴィオレッテは羞恥に身を震わせた。

「恥ずかしいですか？　お尻がふるふると揺れて……可愛らしい」

「……あぁっ！」

ふうっ、とエルネストが割れ目に息を細く吹きかける。たったそれだけのことでもなぜかとても冷たく感じられ、ヴィオレッテは腰を跳ねさせた。

「恥ずかしがることは何もありません。あなたのここは、朝露《あさつゆ》で濡《ぬ》れた赤い薔薇《ばら》のように穢《けが》れのない美しいかたちをしています」

エルネストは褒めてくれるが、羞恥はなくならない。ヴィオレッテはシーツを握りしめ、身を捩《よじ》った。

「ど、どうか、こんなことはおやめになって……」

「やめません。今夜はあなたを貫かないのですから、こちらを味わわせてください」

してもいいと言っているのにどうして、とヴィオレッテは羞恥の涙を零す。エルネストはヴィオレッテの割れ目に顔を埋めると、肉厚の舌で上下に激しく舐め始めた。

「あ……んぁ！　あ……っ」

花弁がヒクつき、ヴィオレッテの意思に反して綻《ほころ》んでいく。エルネストは舌先を尖《とが》らせると蜜壺《みつつぼ》の中にそれを押し込み、浅い部分をかき回してきた。

エルネストの唾液とヴィオレッテの蜜が混ざり合い、ぐちゅぐちゅといやらしい音が上がる。それだけでも恥ずかしいのに、エルネストはヴィオレッテの花弁に指も這わせて、敏感な花芽《かが》をクリクリと押し撫でてくるのだ。

「ああっ！」

指先でそっと皮を剝《む》かれ、花芽を剝き出しにされてしまう。エルネストはさらに割れ目に顔を埋めると、花芽を舌先でねろねろと舐め回し始めた。

「ひぁ！　あっ！　ああっ!!」

まだ未熟な花芽をそんなふうにされては堪《たま》らない。ヴィオレッテは内腿を小刻みに震わせ、シーツを強く握りしめる。そうでもしなければ、意識がどこかに飛んでいってしまいそうな心地よさだ。

「ん……んぁ……あっ、あぁ……そ、んな……舐め、な、いで……あぁ……っ」

舌だけではなく蜜を纏わせた指先も加わって、花芽に愛撫が与えられる。腰を上げることができなくなり、ぐったりと落ちそうになっても、エルネストの片腕がシーツを強く巻きついて支えている。ヴィオレッテは飛びそうになる意識をとどめるために、シーツを嚙みしめた。

エルネストは蜜壺から溢《あふ》れ出す蜜を、音を立てて啜《すす》り上げる。そんなものを味わってほしくないのに、エルネストはまるで甘露《かんろ》だと言わんばかりに味わうことをやめない。

「……あ……あ、あぁ……っ！」

軽い絶頂がやって来て、身体がふわりと浮き上がるような感覚に包まれる。エルネストがヴィオレッテの絶頂に気づくと、嬉しそうに笑って顔を外した。

だが、腰に絡みついたままの片腕は、解ける様子がない。まだ臀部を突き上げたままの淫らな格好でいることに気づいて、ヴィオレッテは真っ赤になる。

「今夜はこれで……我慢します」

「え……んぁ……っ？」

エルネストの熱く太い肉茎《にくけい》が、ヴィオレッテの割れ目に沿ってぬるりと押しつけられた。脈打つそれが、割れ目を擦るようにゆっくりと上下する。同時に張った先端がぬるりと花芽を擦り立ててきて、ヴィオレッテの身体が新たに跳ねた。

蜜壺の中に突き入れられて、揺さぶられるのとはまた違う快感だ。もどかしいが、不思議な気持ちよさがある。

「……あっ、あっ、あぁ……っ！　エルネスト、さま……!!」

亀頭でぐりぐりと花芽を押し揉まれて、ヴィオレッテは息も絶え絶えになってしまう。エルネストはヴィオレッテの背中に胸を押しつけて強く抱きしめ、腰の動きを速めた。

ぬちゅぬちゅと花弁と蜜壺の入口を肉棒で擦り立てられ、その動きに合わせて花芽を亀頭で突かれる。男根が中に入っているときとは激しさは格段に違うものの——ヴィオレッテの身体を高めるには十分な愛撫だった。

「あぁ……あ、あ……っ」

「ヴィオレッテ……ヴィオレッテ……！」

背後のエルネストの荒い呼吸音も、ヴィオレッテの絶頂を促してくる。エルネストが背中に覆いかぶさり、胸を強く握り込みながら低く呻いた。

「……あなたの中に、注ぎ込みたい……！」

ならばそうしてくれて構わないのに、とヴィオレッテは告げようとする。だが唇がそう紡《つむ》ぎ出す前に、絶頂がやって来た。

「……あああっ!!」

エルネストも同時に達し、白濁《はくだく》した精が吐き出される。それはヴィオレッテの中に注ぎ込まれることはなく、下腹部から胸の谷間に放たれ汚した。

（……熱い……）

肌に触れるエルネストの欲望に、ヴィオレッテは大きく息を吐く。もう瞼を開いていることも、難しかった。

エルネストも荒い呼吸を繰り返しながらもヴィオレッテを優しく抱きかかえ、ベッドに横たえてくれる。夜着を着替えさせ身体を清めてくれる手の動きを感じながら、ヴィオレッテは疲れを癒す深い眠りに落ちていった。

ヴィオレッテの身体を清めてブランケットを引き上げる。ヴィオレッテは少しも目覚める様子はなく、ここ最近の疲れを癒すかのように深い眠りに落ちていた。

早くこの国の王妃としてふさわしくなりたいと懸命になってくれるのはとても嬉しいし、いじらしく可愛らしい彼女へ向かう愛情がますます深まっていくのだが、どうにも頑張り過ぎているようで心配にもなる。今日は特に眠そうだったため、エルネストはヴィオレッテを貪《むさぼ》りたい気持ちを何とか堪えて、あの程度に止めた。……普段も決して満足しているわけではない。ヴィオレッテの身体を壊したりしないよう、手加減をしている状態だ。

(……思うさま、あなたを貪りたい……)

衝動的に突き上げてくる獣の情動にエルネストははっと目を見開くと、すぐにそれを閉じて深く深呼吸する。

先祖の血が濃く出てしまっているというのも、面倒でならない。こんな獣の欲望を持っているとヴィオレッテに知られてしまったら、間違いなく嫌われてしまう。フレデリクとして、エルネストとして築き上げてきたものが、たった一度の衝動で失われてしまうのだ。

(絶対に、そんなことにはさせん!)

自身に固く誓ったエルネストは、すぐさまベッドから降りて平服に着替える。身体に残っている熱を冷ますために、シャツのボタンは適当に二つ留めただけだ。乱れた格好とも言える姿でエルネストは自室に置かれている剣を取ると、中庭に出た。

夜風は火照《ほて》った肌を冷やしてくれる。だが、まだまだこの心に沸く欲望を治めるほどではない。エルネストは剣を抜くと、一心不乱に素振りを始めた。

頭の中にちらつくのは、先ほどのヴィオレッテの乱れた姿だ。それを散らすためにエルネストは忘我《ぼうが》の境地を目指して剣を振り続ける。ある種、鬼気迫《ききせま》る様子だった。

(彼女の前では、紳士であり、騎士としてあらねばならない！)

「……陛下？」

「……っ!!」

突然背後から声をかけられ、エルネストは反射的に敵を斬りつける動きを取ってしまっている。ある程度予想してくれていたのか、呼びかけた当人はすぐさま一緒にいた者の身体を抱き寄せつつ、数歩後退した。

そこにいたのはユーグとレリアだ。見回りの最中だったようで、きっちりと正装している。

エルネストは慌てて二人に頭を下げた。

「すまん、ちょっとぼうっとしていた。大丈夫か！」

「ああ、大丈夫だ。背後から声をかけた俺の方が悪……」

「あぁん、ユーグ。ありがとう！　ちゃんと私を守ってくれて！　さすが私の弟！」

レリアがユーグの身体に抱きつきながら、感極まったように言う。豊かな胸を押しつけてしなだれかかるような双子の姉を、ユーグは無表情ながらもべりっと引き離した。

「……ユーグってば冷たいわ！」

「いつまでも子供の頃のようにべたべたするのはやめろ」

「……酷いわ、ユーグ。お姉ちゃんはこんなに弟のことが好きなのに……」

「嘘泣きもやめろ。子供の頃のように騙《だま》されたりしないからな」

レリアがぺろりと舌を出して、あっという間に笑顔になる。だがすぐにエルネストの方に目を向けると、訝しげに眉根を寄せた。

「ねえ、陛下……いつまで素振りしてるの？」

ユーグの腰に腕を絡めて抱きついたままでレリアが問いかける。何だかんだ言いつつも姉の好きにさせているところを見ると、ユーグも彼女並みに双子の姉のことが好きなのだろう。昔から変わらない麗《うるわ》しき姉弟愛を少し羨《うらや》ましく思いながら、エルネストは剣を鞘《さや》に納めて大きく息をついた。

「見ての通り、稽古だ」

「こんな夜中に？」

双子が声を揃《そろ》えて問いかける。こういうときの息の合い方はさすが双子というべきか。

ヴィオレッテを彼女の意思を無視して貪ってしまいそうだった。その熱を抑えるために素振りをして、気を紛らわせていた。単純に言ってしまえばたったそれだけのことなのだが、何だかずいぶんと情けなく思えてしまう。どうにも決まりが悪く、エルネストは口籠《くちご》もってしまった。

だが付き合いが長いこととエルネストが持つ『事情』を知っている双子は、すぐに答えに辿り着き、同情の目を向けてくる。

「難儀《なんぎ》な身体よね。大丈夫？」

レリアが心配そうに言いながら、エルネストの頭をよしよしと撫でてきた。一国の王にする仕草ではなかったが、幼い頃から兄姉代わりとしてエルネストとともに過ごしてきたため、他人の目がないときはどうしてもこうなってしまう。エルネストも双子を信頼しているからこそ、されるがままになってしまうのだ。

エルネストとレリアの様子を見ながら、ユーグが思案げに顎先を撫でる。

「また剣の腕が上がったのは、こうして夜中に自主練してるからか」

「まあ、そんなところだ。ある意味、いいことだろう？　剣の腕は上がり、彼女に幻滅《げんめつ》されることもない」

「確かにそうかもしれないけど……我慢は身体に毒だわ。一度、ヴィオレッテさまに事情をお話ししてみるのはどう？」

「絶対に駄目だ。私がケダモノに成り下がる」

レリアの提案はエルネストが一番避けたいものだった。でも、と言い重ねようとするレリアを、エルネストはギンッ、と睨みつける。

「私のいないところで勝手に彼女に話すなよ」

自国を襲ってきた敵に向けるかのようなひどく鋭い視線は、双子でさえ内心震え上がってしまうものだ。レリアが慌てて言う。

「もちろん、陛下が良いと言ってくれるまでは黙っているわ。でも……身体に良くないんじゃない？」

「お前には無理な話だとは思うが……そういうときだけ他の女を考えてもいいんじゃないのか？」

「嫌だ。彼女しか欲しくない」

エルネストの断言には、ほんの少しも異論が入り込める隙間がない。双子は顔を見合わせたあと、深くため息をつく。

「わかった。余計なことを言ってすまなかった」

詫びたユーグが腰の剣を抜き放った。

「お前の気がすむまで相手をしよう」

互いの剣を撃ち合わせる二人の様子を、レリアは優しげな表情で見守った。


エルネストに身体を解してもらえたおかげか、ずいぶんと深く寝入ったような気がする。

ふと目覚めたヴィオレッテは、身体がとても軽くなっているのを実感した。

サイドテーブルにある時計を見ると、ベッドに入ってから二時間ほどしか経《た》っていない。

睡眠時間が少なくとも身体がすっきりしているのはエルネストのおかげだ。……確かに、今夜の情事はいつもよりも穏やかでこちらがとても気持ちが良くなるものだった。思い出すととても恥ずかしくなり、ヴィオレッテは顔を赤くしながら身を起こす。

(あ、あんなやり方もあったなんて、知らなか……あら……?)

てっきり隣で眠っていると思われたエルネストの姿は、そこにはなかった。ヴィオレッテはいつもエルネストが横たわっている場所に掌を這わせる。

ぬくもりの欠片《かけら》はなく、彼がベッドを長く離れていることがわかった。

(何かあったのかしら……)

エルネストがいないことが急に不安になり、ヴィオレッテはブランケットを胸元で握りしめる。しばらくそのまま待ってみたが、エルネストが戻ってくる気配はない。

ミストラルやメラニーの言葉が思い出され、ヴィオレッテの鼓動が不安で高鳴り始めた。

(同盟などなくても構わないと考える人がいる……)

トラントゥールの戦力が踏み入ってきたら、ルヴェリエなどひとたまりもない。それを防いでくれるのが、この同盟婚だ。だから自分はエルネストに愛されていなければならない。

エルネストとは嬉しいことに気持ちを通じ合わせて一緒になれた。一国の王女の立場では、なかなかないことだろう。この国に来てからも、エルネストの気遣いや愛情、そして自分の隣に立つ者として期待してくれているのも感じられる。

(でも、今夜は私と……ちゃんとできなかったから……?)

考え過ぎだ。ヴィオレッテは小さく首を振るが不安は拭い取れず、ブランケットの中に潜り込んでしまう。無意識のうちに、小さく丸まってしまっていた。

再びの眠りはすぐには訪《おとず》れない。ヴィオレッテは目を閉じて無理矢理眠ろうとする。その耳に、こちらに近づいてくる気配が滑り込んできた。エルネストに違いないと思うものの、ヴィオレッテは何だか怖いような気持ちになって眠ったフリをした。

室内のヴィオレッテのことを気遣ってくれているのか、なるべく音を立てないように静かに扉が開かれる。エルネストの姿を確認するため、ヴィオレッテはそっと視線だけを部屋の入口に向けて——ドキリとした。そこにはエルネストだけではなく、レリアもいる。

(どうしてこんな夜更けにレリアと……)

「すまなかったな、レリア。おかげですっきりした」

「気にしないで。いつでも付き合うわ。でもちゃんとヴィオレッテさまにはお話しした方がいいと思うのだけど……」

「それは駄目だと何度も言ってるだろう？　同じことを言わせるな」

少し苛立《いらだ》たしげにエルネストが言うと、レリアは仕方なさそうにため息をついて肩を竦《すく》める。そしてエルネストの頬に踵《かかと》を上げて軽くくちづけた。

「私もユーグもあなたの味方よ。何かあったら遠慮なく言ってね」

「……ああ」

そっけない頷きの中に、確かに嬉しげな響きが感じ取れる。ヴィオレッテは息を詰めて視線を戻した。

(二人の……この親密な感じはどういうことなの……？)

兄弟のように一緒に育ったと教えてもらった。だが今のやり取りはまるで、気心知れた旧《ふる》い恋人同士のように思えてしまう。

(だってレリアはとても美人で頭も良くて、剣も扱えて……)

自分のことをエルネストはよく可愛いと言ってくれる。だがそれは、女性として物足りないという思いの表れではないのだろうか。男ならばレリアのような女性的な魅力に満ち溢れた者がいいのではないか。

頭の中で自分とレリアを並べて比べてみると、その違いは明確だ。エルネストが満足しないのも、やはり自分に女性的な魅力が少ないからではないか。

一度悪い方向に考え始めてしまうと不安もあるせいか、際限がなくなってしまう。ヴィオレッテは必死で悪い考えを押しのけようとするが、上手くいかない。

エルネストが静かに扉を閉めて、ベッドに戻ってくる。サイドテーブルに置いておいた夜着に手早く着替えると、ヴィオレッテの隣に入り込んできた。腕を伸ばしてヴィオレッテの身体に絡め、柔らかく引き寄せてくる。とても安心できるぬくもりだ。

(でも、もしかしたらこの優しさは私が受けられるものではないのかも……)

「ヴィオレッテ? 起こしてしまいましたか?」

耳元で囁きかけられ、ヴィオレッテは一瞬迷ったものの素直に応えることにした。ただ、起きた時間だけは誤魔化《ごまか》すことにする。

「はい、つい先ほど……」

「そうですか。夜はまだ長い。寝てください」

エルネストが自分のぬくもりを分け与えるかのように、ヴィオレッテを抱きしめてくる。ヴィオレッテはエルネストの腕の中でしばしじっとしていたものの、思いきって口にしてみた。

「あ、あの、エルネストさま……し、しない、のですか？」

直接的な言葉を口にするのはとても恥ずかしくて、曖昧《あいまい》な言い方になってしまう。これではエルネストもよくわからなかっただろう。

言い連ねようとした唇を、エルネストが柔らかいくちづけで塞《ふさ》いだ。ちゅ……っ、と甘くちづけられて、ヴィオレッテは黙り込む。

「今夜はしないと言ったでしょう？」

「で、でも……」

「今夜のあなたには休息が必要なんです。私のことは気にしないでいいんですよ」

エルネストがヴィオレッテの髪を優しく撫でながら言う。そしてこれで話は終わりだと伝えるように、エルネストは目を閉じてしまった。

ヴィオレッテもそれ以上は何も言えず、エルネストの胸に身を委ねるしかない。エルネストのぬくもりと規則的な寝息が聞こえることでウトウトし始めてしまった。

【4】

朝食を終えて午前中の授業に区切りがついた頃、メラニーからの使いがやってきた。ヴィオレッテのところにご機嫌伺《うかが》いに来たいというものだ。レリアに授業の消化具合を確認し、メラニーとの時間に割《さ》いても大丈夫だということから面会することにする。

応接間で待っていたメラニーは、ヴィオレッテへの贈り物を持ってきていた。

細長い箱を渡されて、正直なところ驚いてしまう。こういうふうに好意を示してくるとは思わなかったのだ。

「我がミストラル家が抱えている職人に作らせたものですの。我が家の職人はこの国以外での評判もいいんですのよ！　ぜひ、妃殿下に差し上げたくなりまして」

「お気を遣っていただいて、どうもありがとう。何かしら」

箱の形からは中身を連想することができない。それでも贈り物となれば気持ちが自然と浮き立つ。ヴィオレッテはテーブルの上に箱を置き、そっと蓋《ふた》を開けた。

赤いビロード生地が中身を包み込んでいる。それを広げると、中からは美しい細身の銀剣が現れた。

鞘《さや》には細かい小花と蔦《つる》が絡み合うような繊細な彫刻がされている。柄《え》の部分にも同じ彫刻がされていて、手間と時間がかかっているものだと一目でわかった。

確かに美しく素晴らしいものだが、剣だ。それが王妃である自分にどうして贈られるのだろう。

どう反応すればいいのか戸惑《とまど》うヴィオレッテに、メラニーは満面の笑みを浮かべて続ける。

「装飾剣ではありませんの。ちゃんと実践用です。さあ、どうぞお手に取ってくださいませ！」

促されるものの剣など持ったことがなく、どう扱《あつか》えばいいのかもわからない。二人に茶をいれていたレリアが、やんわりと間に入ろうとした。

「メラニー嬢、ヴィオレッテさまは……」

「まあ！　まさか剣をお持ちになったことがありませんの!?」

メラニーがひどく驚いた声で言う。大仰《おおぎょう》過ぎる態度は芝居がかっていて、こちらを馬鹿にしてのことだとはすぐにわかった。

(なるほど、これは私に対する嫌がらせなのね)

腹の底に熱が溜まるのがわかったが、ヴィオレッテはそれを我慢して飲み込む。

相手はこのトラントゥールでナンバー2の立場を持つ公爵の娘だ。同盟が結ばれていなければ、おそらくエルネストの妻として文句なく候補に挙がる存在だ。ミストラルとエルネストの関係性を考えれば、この程度でいちいちカリカリしていては大人げない。

(それに、不用意な発言をしてこの子の機嫌を損ねて、エルネストさまに不要なご迷惑をかけるわけにはいかないわ)

ヴィオレッテは軽く深呼吸をしたあと、メラニーに向かって詫《わ》びの微笑を向ける。

「せっかく気遣っていただいたのに、ごめんなさい。トラントゥールでは、女性も剣を持つのですね」

「気高き騎士の一族ですもの！　夫を守るのは妻の役目。何かが起こったときには夫とともに戦いに赴《おもむ》くもの。それがトラントゥール国に生まれた女の嗜《たしな》みなんですわ」

「そうなの……」

風習を聞いてはいたが、まさか高位の女性まで剣を操ることができるとは思わなかった。これはぜひともカリキュラムの中に組み込んでもらわなければ。

「せっかく妃殿下と手合わせができるかと思ったんですけど、残念ですわ」

「これから教えてもらいます。そのときは、ぜひ手合わせをしてください」

ヴィオレッテの言葉に、メラニーが満面の笑みを浮かべる。

「まあ、嬉しい。気長にゆっくりお待ちしておりますわ。剣の世界はそんなに甘くはありませんの」

軽く考えたわけでは決してなかったが、それは確かに正しい。ヴィオレッテは視線を落としてしまう。

「ヴィオレッテさま、どうかお気になさらずに」

茶をいれたカップをヴィオレッテに渡しながら、レリアが気づかれないようにそっと囁《ささや》く。

ヴィオレッテは慌《あわ》てて顔を上げ、笑いかけた。

「でもわたくし、自分の剣も着替えも持ってきましたの。それが無駄になってしまいますのね」

「メラニー嬢、少しお言葉が」

レリアが窘《たしな》めようとするのを、ヴィオレッテは慌てて止める。ミストラルからも大目に見てほしいと頼まれているのだ。

「大丈夫よ、レリア。メラニー嬢の言う通りだもの。がっかりさせてしまってごめんなさい。だったらレリア、あなたが私の代わりにメラニー嬢のお相手をしてあげて。私はそれを見学させてもらうわ」

下手《したて》に出るヴィオレッテに、レリアは気遣いの目を向ける。ヴィオレッテは大丈夫だと頷いた。

「わかりました。ではメラニー嬢、久しぶりに手合わせをいたしましょう」

メラニーはとても嬉しそうに笑って、ドレスを着替えに行く。ヴィオレッテは贈られた銀剣をビロードで包んだまま、手に取ってみた。

ずしりとした重さが、思った以上に感じられる。女性用の剣のはずだから、それでも軽く作られているはずなのに。

(命を奪うことのできるものだからだわ)

「ヴィオレッテさま、私がお持ちいたします」

レリアが手助けしてくれようとするが、ヴィオレッテはそれを断った。これくらい持てなければ、剣を扱うことができない。

「大丈夫、持てるわ。さあ、行きましょう」

レリアの案内で鍛錬場《たんれんじょう》へと向かう。エルネストはもちろんのこと、近衛《このえ》兵たちなどもここを利用して練習しているらしい。幸いこの時間は誰も使っておらず、二人は早速剣を撃ち合わせる。

男同士のそれとは違い、力を重視するというよりは俊敏《しゅんびん》さが突出している手合わせだった。剣をふるったことがないため確証はないが、剣をふるうときにも男女の違いというものが出てくるのかもしれない。

ヴィオレッテはレリアとメラニーの手合わせをじっと見つめながら、銀剣を抱きしめる腕の力を強める。目で見て学べるものはすべて吸収するつもりだった。

——ヴィオレッテの背後から伸ばされた腕が銀剣を軽々と取り上げたのは、すぐあとのことだった。

魔法のように剣が浮き上がったように見えて、ヴィオレッテは驚きのあまりに言葉を失ってしまう。慌てて振り返ると、そこにはエルネストがいた。

「剣はあなたには似合いません。これをどうしたのですか？」

ヴィオレッテの隣に並びながら、エルネストは問いかけてくる。穏《おだ》やかで優しい微笑を浮かべているが、その奥に何か厳しいものが隠されているように思え、ヴィオレッテは小さく息を呑《の》んだ。

「メラニー嬢が、私にプレゼントしてくれました。トラントゥールの王妃として、剣を扱うことができなければいけないと……」

執務中のエルネストが、どうしてここにいるのだろう。心に浮かんだ問いかけは表情に表れたようで、エルネストは微苦笑しながら言う。

「わざわざメラニー嬢が召使いに知らせるように言ったみたいです。これから手合わせをするので見に来てほしいと。メラニー嬢の剣技にはさほど興味はありませんが、あなたが一緒にいらっしゃると聞いたもので……」

心配してくれたのだとわかり、ヴィオレッテは嬉しくなる。だが、そんなふうに心配させてしまったことが申し訳なくも思える。

「メラニー嬢はあなたに酷いことをするかもしれません。そのときは、一人で抱え込まずに話してください」

エルネストの片手が伸び、ヴィオレッテの肩に流れ落ちている髪のひと房を優しく撫《な》でてくる。気遣われていることはとても嬉しいが、どうしてもこの前の夜のことが思い出されてしまう。

(多くを望んではいけないわ。エルネストさまは王妃として私をこうして大切にしてくれているもの)

だから、考えてはいけない。エルネストが自分を好きだと告げてくれたことが、同盟婚が自分の心に負担をかけないようにするための気遣いだったかもしれない、なんてことは。

「ありがとうございます、エルネストさま。私はこれで結構強いのですよ」

なるべく冗談になるように、ヴィオレッテは明るく言う。メラニーとの接触を見ることがどうしても多くなるレリアには、自分からエルネストに話すから、言われたことなどは漏《も》らさないように頼んでいた。

エルネストはそれでも心配そうな表情を崩さない。これではいけないと、ヴィオレッテは話題を変える。

「あ、あの、エルネストさま。やはり私も剣技を学ぶべきではありませんか？　レリアの授業の中に、剣の授業も入れていただきたいのです」

「必要ありません」

エルネストの回答は、以前と変わらない。取りつく島がないが、トラントゥールの王妃になったのだからこの国の風習に従うのは当然のことだ。ヴィオレッテはさらに言い連ねる。

「ですが……」

「あなたはトラントゥールの人間ではない。それが私たちにとって大事なことなんです」

エルネストの言葉には変な飾りがない。何を言わんとしているのかはわからなかったがヴィオレッテを頷《うなず》かせた。

エルネストの言葉に、何か大事なことがあるように思えた。……だがそれは何なのだろう。

ヴィオレッテは思わず神妙な顔になってしまう。その横顔を見て、エルネストがとても満足げに微笑んだ。

(私はトラントゥールの人間ではない……この国で、戦う力を持たない私は何なのかしら……)

「陛下！」

思考を中断させるかのように、メラニーが稽古《けいこ》を止めて呼びかけてくる。ヴィオレッテがハッと顔を上げると、メラニーがエルネストに走り寄り笑いかけた。

頬を明るく輝かせる表情は、エルネストに向ける恋慕《れんぼ》をいやでも感じさせる。

(本当にエルネストさまのことが好きなのね……)

それを思うと、何だか憎めない。自分もエルネストのことを思っているから余計だ。

「陛下、よろしければ陛下もご一緒にどうですか!?」

「私はヴィオレッテと一緒に見ていよう」

「どうぞ、エルネストさま。私のことはお気になさらずに……」

ヴィオレッテの言葉に、エルネストは仕方なさそうにしながらもホールに向かう。ヴィオレッテの剣は壁に立てかけるように置かれたが、それに手を出すことは止めた。

レリアが引き、エルネストとメラニーが剣を撃ち合う。実力差は明らかで、エルネストがメラニーに胸を貸してやっているような感じだ。だがメラニーはとても楽しそうだ。

戦うことを、楽しんでいる。……そんなふうに思うのは、変だろうか。

「退屈ではありませんか？」

ヴィオレッテは苦笑する。

「お相手できないのが申し訳ないわ。でもメラニー嬢はとても楽しそうだし……あなたもね」

今度は剣を納めたレリアが苦笑した。

「そんなふうに見えましたか？」

「え、ええ……」

何かまずいことを言ってしまっただろうかと、ヴィオレッテは肩を竦《すく》める。レリアは大きく息をついた。

「いけませんわ……どうにも私たちは好戦的になってしまって……」

「戦う上において、それは良いことではないの？」

騎士の国として皆剣技を高めているのだから、良いことのように思えるのだが。

「ですが何につけても戦いで解決するわけにも参りませんし」

「それは当たり前よ。力で何かをねじ伏せるなんて、してはいけないことよ」

「はい、その通りだと思います。肝《きも》に命じます」

レリアが殊勝《しゆしよう》に頷く。その姿を見て、ヴィオレッテは先ほどのエルネストとの会話の解決の糸口が見えたような気がした。

（でも……）

メラニーやレリアの方が、エルネストの傍《そば》で役に立てるように思える。少なくともこの国において、自分のことを気に入らない存在はいる。その人数を少しでも少なくすることが大事なのではないか。

(だって……怖いわ)

愛されているとは思う。だが夫婦となり王妃として、妻としての資質を見られたとき――エルネストは落胆することはないのか。

撃ち合いが終わり、エルネストがメラニーに軽く指導している。メラニーはそれを楽しげに受け、エルネストも同じように見えた。少なくとも自分では、メラニーのところには立てない。

「陛下、あとで妃殿下から見せていただいてください。わたくし、妃殿下のために美しい剣をお贈りしましたの」

エルネストの足元に纏《まと》わりつく子犬のように、メラニーが寄り添いながら戻ってくる。ヴィオレッテたちの存在がなければ、腕を絡めていそうな感じだ。

エルネストは節度を保っていたが、彼への好意が溢《あふ》れ出ていてそれがメラニーを可愛《かわい》らしく見せているように思える。何も知らない者が今の二人を見たら、もしかして恋人同士に思えるかもしれない。

……そんなふうに思ってしまうことに、ヴィオレッテは内心で嘆息する。どうにも心が弱気になってしまっているようだ。

「そうか、それは気を遣ってもらってすまない。だがヴィオレッテに剣を持たせるつもりはない」

「……まあ……！」

エルネストの言葉はある程度予想していたらしく、返答は芝居がかっている。エルネストはヴィオレッテの傍に戻ると、前髪の辺りに柔らかいくちづけを与えた。

「待たせてすまない。行こう」

「お待ちくださいませ、陛下。それはどういうことですの？　トラントゥールの王妃ともあろう御方が、剣を振るうこともできないなんて恥ですわ」

ヴィオレッテもそのように思っているのだから、メラニーの言葉は胸に痛い。一瞬俯《うつむ》いてしまいそうになったのを堪《こら》える。

「陛下の御身に何かあったとき、最も近くにいる可能性が高いのはその妃ですわ。陛下をお守りできずにどうされますの。歴代のルヴェリエの王妃方は特に戦う力を持ちません。なのに剣技を教えることもなさらないなんて……それをおかしいと思っている者も確かにいらっしゃるのですよ！」

「あなたの言い分では、今のヴィオレッテは王妃にふさわしくなく、それどころかこの国で取るに足りない存在だと言っていることになるが？」

エルネストの声は低く、厳しい。怒鳴られるよりも背中に震《ふる》えが走るその声に、メラニーはもちろんのことヴィオレッテも内心で青ざめてしまった。

だがメラニーは退くつもりはないらしく、まだ少し震えながらもエルネストを見返して頷く。

「そうです。陛下にはもっとふさわしい方を王妃として迎えていただきたいと思いますわ。この結婚自体、特に重要なものであるとは思えません。ルヴェリエ程度の小国、トラントゥールの属国にしてしまえばいいだけではありませんか」

「その助言ができるだけの権利があなたにあると思っているのならば、出直すといい」

それは言い過ぎではないかとヴィオレッテはエルネストに進言しようとする。それよりも早くメラニーが叫ぶ。

「陛下！　わたくしはミストラル公爵長女ですのよ。ルヴェリエとの同盟がなければ、わたくしがこの国の女たちの中で一番高位の者となりますの!!」

エルネストの纏う空気が、さらに冷たくなる。その様子を見ているとヴィオレッテはますます不安になり、エルネストを先に促そうとする。このままではエルネストがメラニーにどのような仕置きをするのかわからないような雰囲気だ。

(お優しいエルネストさまのことだから、私の思い過ごしだと思うけれど……)

「エルネストさま、私は気にしてませんから大丈夫です。メラニー嬢の言うことはある意味正しいですから」

エルネストがヴィオレッテの肩をさらに抱き寄せる。逞《たくま》しい胸に頬を強く押しつけられ、そのいつもとは違う荒々しい仕草にヴィオレッテは少し驚いてしまう。メラニーの瞳が、嫉《しっ》

妬《と》でぎらついた。

エルネストは肩越しに、メラニーを見返した。だがその瞳は氷のように冷たく、まともに視線を受け止めたメラニーは小さく震えてしまう。

「驕《おご》り高ぶるのもほどほどにした方がいい。それではあなたは私が選んだ妃を認めていないということ——ひいては私自身を認めていないということになる」

「……そ、それとこれとは話が別で……！」

「同じだ。王と王妃は国のために尽くす両翼の存在。片方を貶《おとし》めればもう片方を貶めたことになる。……ヴィオレッテ、行くぞ」

それ以上メラニーの言葉を聞くつもりはないというかのように、エルネストは鍛錬場を出ていく。表情は変わっていなかったが怒りの空気はヴィオレッテもひしひしと感じられた。

こんなふうに怒りを見せるエルネストは、初めて見たような気がする。これも自分がメラニーに認められていないからだと思うと、申し訳ない。

ヴィオレッテはエルネストから適切な距離を保つために身を起こしながら言った。

「申し訳ありません、エルネストさま。私のせいでご不快な思いをさせてしまって……メラニー嬢とは上手くやれるようにもっと努力いたします」

「その必要はありません。あなたはよくやっています。これ以上頑張り過ぎて体調を崩しでもしたらどうするんですか」

「それは大丈……っ」

続きの言葉は、突然のエルネストからのくちづけで封じられてしまう。エルネストはヴィオレッテに覆《おお》いかぶさるようにきつく抱きしめながら、唇を貪《むさぼ》ってきた。

「……んぁ……あ……っ」

まだ執務室には辿り着いておらず、廊下の途中だ。幸い召使いの気配はなかったが、誰がやって来るかわからない。こんなところを見られたら、エルネストの高潔さが変に穢《けが》されてしまうのではないか。

「……あ……い、けませ……んぁ、あ……エ、ルネスト……さま……っ」

くちづけの合間にヴィオレッテはエルネストを止めようとする。だがその抵抗もエルネストは許さないというように舌の動きを激しくし、身体を締めつけるかのように強く抱きしめてくる。こんなふうにされるのは初めてで戸惑いももちろんあったが——とても深く求められているようで嬉しくもあり、胸が熱くなってしまった。

「……んぁ……っ」

舌先を甘噛みされ、腰ががくがくと震えてしまう。このままでは軽い絶頂に達してしまいそうだ。ここでそんなことになったらいけない。

ヴィオレッテはエルネストの腕を少し強めに掴む。指先の強さにエルネストがハッと我に返り、慌てて唇を解放してくれた。

「……す、すみません！」

「……あ……はぁ、は……っ」

激しいくちづけはヴィオレッテの呼吸を乱す。ヴィオレッテは肩を大きく揺らしながら、淡い涙目で小さく首を振った。

エルネストはヴィオレッテを支えるように抱き寄せて、ゆっくりと歩き出す。

「……すみません。少し、イライラしてしまいました……」

「い、いいえ……大丈夫、です……」

「すみません。あの……こういうことをして、私のことが嫌になりましたか……？」

恐る恐るエルネストが問いかけてくる。本当に怖がっていることがわかり、ヴィオレッテはそれを意外に思いながらも首を振った。

「い、嫌ではありません。少しびっくりしましたけど……で、ですが、誰が来るかもしれないところでは、こ、困ります、ね……」

ヴィオレッテは照れくさげに微笑みながら言う。呼吸もだいぶ整い、エルネストに支えてもらわなくても大丈夫だ。ヴィオレッテはエルネストからそっと身を離す。

「そ、そうですよね。すみません」

答えるエルネストの声は落ち込んでいるようにも思える。だがだからといってここでくちづけを再開するのもおかしい。ヴィオレッテはどうこの場を取り繕《つくろ》えばいいのかわからず、何とも気まずい空気のままで歩いていくしかなかった。

優しく包み込むような愛撫《あいぶ》で蕩《とろ》かされた身体をエルネストに味わわれ、眠りにつく。それはもう夫婦の間では当たり前のようになっていた。

エルネストはヴィオレッテが疲れていそうなときには決して無理をさせない。ヴィオレッテが大丈夫だからといっても、身体のことを気遣ってくれる。その優しさと高潔さにますます恋慕の思いは高まるものの、ヴィオレッテの心を安心させはしない。

ここ最近、エルネストが夜に抜け出すのは習慣となってしまっている。情事のあとはぐったりと深く寝入ってしまうヴィオレッテだが、エルネストが気遣ってくれる夜などは彼がベッドを抜け出すときにふと目を覚ましてしまう。

エルネストが起こさないように気をつけてくれていることもわかるため、ヴィオレッテは眠ったフリをする。エルネストはわざわざ平服に着替えて剣を持ち、ヴィオレッテの額や頬に優しくくちづけたあとに出ていってしまうのだ。

戻ってくる時間はまちまちだが、最近はベッドを抜け出す時間が長いように思える。そしてヴィオレッテよりも必ず早く起きて、エルネストは毎朝完璧な姿を見せてくれるのだ。

(どこに、行っていらっしゃるのですか)

そう聞いてみたいが、どう切り出せばいいのかわからない。

前は、レリアと一緒に戻ってきた。自分を大切にしてくれているのは同盟のための気遣いで、本当は自分に満足してはいないのだろうか。思いが通じ合っていても、何かエルネストは自分に対しての不満があるのかもしれない。

（性の不一致とか、王妃としてまだ至らないとか……）

考えれば考えるほど、表情が暗くなってしまいそうになる。そんな顔を見せたら、大抵傍にいてくれるレリアにまた心配されてしまう。ヴィオレッテはまるで逃げるように休憩時間を利用して、庭を散歩することにした。

（エルネストさまに嫌われてしまったら……この同盟婚が上手くいかなくなってしまう……）

そう思ってヴィオレッテはそっと首を振る。そんな考えは、建前《たてまえ》だ。同盟婚以前に、ヴィオレッテ自身がエルネストに嫌われたくないのだ。

（エルネストさまに……嫌われたくない……！）

ヴィオレッテのために整えられた庭は、今の季節の花が美しく咲き競っている。それを見ているとスケッチをしたくなり、ヴィオレッテは念のために持ってきたスケッチブックに鉛筆で描き始めた。

意識が絵に向かい、集中して心が無になっていく。ヴィオレッテは雑念や不安を昇華《しょうか》させるかのように、鉛筆を動かす。

立ったままスケッチしていると、ふいにこちらに近づいてくる何人かの足音がした。召使いたちの誰かだろうと勝手に思い、ヴィオレッテは特にスケッチの手を休めない。

「……ああ、妃殿下だ。何をしているんだ？」

一応潜《ひそ》められてはいたが、ヴィオレッテがスケッチに集中していると思っているためか少し声が大きい。自分のことを話されていると思うとどうしても意識が絵から背後に向かい、耳を澄ませてしまう。

「スケッチをしているらしいな。ルヴェリエ王国は芸術に優れた者が多く輩出されている。確か妃殿下は絵を描くのが好きだと陛下が仰っていたぞ」

「絵ねぇ……そんなもの、このトラントゥールでは何の役にも立ちはしないのに」

(――何の役にも立たない……)

ヴィオレッテの手の動きが止まってしまう。だが背を向けているため、回廊で立ち話をしている男たちにはそれはわからない。

「まあ、妃殿下はこの国の生まれではないからな。剣も扱えないらしいぞ」

「陛下に何かあったときに妃殿下がお守りできなくてどうするんだ?」

「この国の生まれではないからなぁ……仕方ない。同盟がなければルヴェリエの王女など迎え入れることもないだろうし」

「なら、ルヴェリエに攻め入って属国にしてしまえばいいんじゃないか? あのくらいの小国、我が国の軍ならばあっという間に制圧できるだろう?」

「私も陛下に進言しているが、陛下がそれをお許しにならない。伝統を重んじられる方だからなぁ……」

ヴィオレッテは鉛筆を握る手を、自分の胸に押しつける。小刻みに震えてしまうのは、彼らの会話がヴィオレッテの心に突き刺さるからだ。

「――お前たち、そんなところで何を話しているんだ？　妃殿下のスケッチの邪魔になるだろう？」

「……っ!!」

男たちも驚いたがヴィオレッテも驚いてしまう。思わず振り返ってしまえば、ミストラルが回廊にいた。

ヴィオレッテの視線に気づくと、片手を胸に押し当てて頭を下げてくる。騎士としての礼節を守った礼に、男たちも慌てて倣《なら》った。

ヴィオレッテは先ほどの会話を聞いていたことを悟られないよう、王妃として穏やかで柔《やわ》らかい微笑を浮かべる。

「お邪魔をして申し訳ありません。失礼します」

「し、失礼します……っ！」

先に歩き出したミストラルのあとに、男たちも慌ててついていく。ヴィオレッテは笑顔を崩さないままで、彼らが立ち去るのを見送った。

（公爵……もしかして、私のことを気遣ってくれたのかしら……）

彼らの会話がこれ以上ヴィオレッテの耳に届かないようにしてくれたのかもしれない。このトラントゥール国で二位の実権を持つ優秀な人材なのだから。

彼らの姿が見えなくなると、急激な疲労感がやって来る。ヴィオレッテは思わずその場にしゃがみ込んでしまった。

（やっぱり、公爵やメラニーの言っていることは本当なのね……）

自分を歓迎していない輩《やから》もこの国には確かに存在する。わかってはいたが、ここ最近はそういったことがよく耳に入るからか心が痛い。……特に、エルネストが毎晩のように寝室を抜け出している日々が続いていることもあるから。

（私は……この国では、いない方がいい人間なのかしら……）

だが自分をがここにいなければ、同盟は継続されない。そうすれば、トラントゥールはルヴェリエに攻め入ってくる。エルネストがそんなことを許すことはないとわかってはいても、世論というものもある。

（エルネストさま……私はあなたの傍にいても、いいんですか……？）

晩餐《ばんさん》の時間は、エルネストに変な心配をさせないよう、ヴィオレッテはいつも通りの自分を取り戻す。どんなに落ち込んでいたとしてもきちんと笑えるようにすることも、王女時代から教えられたことだ。

エルネストとのんびりと穏やかな晩餐の時間を過ごし、一緒に眠りに入る。エルネストに優しく愛されて満たされているのに、彼は毎晩のようにベッドを抜け出してどこかに行ってしまう。そして明け方近くにヴィオレッテの隣に戻り、短い眠りに落ちていくのだ。

どうしてエルネストは、最後まで一緒に眠ってくれないのだろう。それに、いったいどこに行っているのか。何をしているのか。誰かと会っているのか。もし誰かと会っているのならば、その者と何をしているのか。考えても答えは出ず、悪い方向にばかり思考が向かってしまう。

（わからないから、不安なの……）

答えがわかってしまわない方がいいのかもしれない。だがこのままでいたら不安だけが強まってしまう。いろいろと考えた結果、一番良いのは確認してみることだという答えに辿《たど》り着いた。

エルネストがいったい何をしているのかを確認して、それから自分が何をするべきなのかを考えればいい。ヴィオレッテは勇気をかき集め、その夜、エルネストがベッドを抜け出したあとに、彼の姿を探した。

騎士として鍛《きた》えている彼を尾行することは、きっと無理だろう。エルネストが出ていってから時間差で部屋を出て、ヴィオレッテは足音を殺してエルネストの姿を探す。エルネストが行きそうなところを当たりをつけておいて、一つずつ確認していくつもりだった。今夜はひとまず執務室と鍛錬場に行ってみるつもりだった。

だが、エルネストの姿は中庭の一角で見つけることができた。庭を散策するときに休めるように作られている東屋《あずまや》に、淡い光が灯《とも》っている。ランプの光は周囲から身を隠すように小さな淡いものになっている。

ヴィオレッテは東屋から姿を見られないように回廊の柱に身を潜め、そっとそちらを窺った。

「……っ」

東屋にはエルネストとレリアがいて、楽しげに話をしている。ここからは距離があって何を話しているのかは聞こえない。多分、二人も周囲を気遣って声を潜めているのだろう。それでも、二人の表情はわかる。

そして二人の間に漂《ただよ》う空気も、同じほどに楽しげで気心が知れている関係の深さを感じさせる。ヴィオレッテは息を呑んで柱の陰に身を隠す。

(やっぱり、エルネストさまとレリアは……私が思っている以上に特別な仲なのではないかしら……)

エルネストを信じたい。大事にしてもらえているし、愛されているとも感じる。ならばどうして夫婦の寝室からこんなふうにこっそりと出ていき、レリアに会っているのだろう。

(わからないわ……エルネストさまの、心が……)

ヴィオレッテは両手で顔を覆ってしまう。泣きたい気持ちが喉の奥から湧き上がってきて、ヴィオレッテはそれを必死に飲み込む。子供のように泣き出してしまいそうになるのが怖くて、ヴィオレッテはそれ以上その場にいることができず、逃げるように寝室に戻ったのだった。

夜風は緩やかだったが、夜気はそれなりに冷たい。シャツ一枚だけでは少し肌寒いが、エルネストには心地よいものだった。

円形の形をした東屋のベンチに、エルネストは座っている。レリアはエルネストと真向かいになるように座っていて、温かい瞳で見守っている。しばし二人の間には沈黙が横たわっていたが——レリアがにっこり笑って言った。

「さあ、陛下。残念ながらユーグは見回りで私しかお相手できませんけど……存分にどうぞ」

エルネストが顔を上げて、小さく息を吸う。そして一気に吐き出した。

「可愛過ぎて手を出さずにいるのが正直つらい！　いや手は出してるんだが、彼女の身体のことを考えると思いっきり抱けないのが不満で堪らん！　だがあの人は私の妃としてすごく頑張ってくれているし、それがまた可愛くて堪らない……！　しかもだ、レリア！　あの人は熟睡したときに私の方に自分から身をすり寄せてきて、抱きついてくれるんだ。私のことを信頼しきっている寝顔がまた堪らないんだ……！　その寝顔にくちづけると無意識にちゃんと応えてくれて……それ以上したくなるのを我慢するのが、死ぬほどつらい!!　なんであの人はあんなに可愛いんだ!?　どうして私はあの人にこんなに骨抜きなんだ!?　ああもっともっとあの人を貪り尽くすように愛したい……！」

息継ぎをせずに一気に心情を吐露《とろ》しているものの、ちゃんと声は潜めているエルネストだ。レリアはエルネストに向ける笑顔をそのままに、容赦なく言い返した。

「男の下半身の事情そのままですね」

エルネストはがっくりと肩を落としつつ、片手で頭を抱え込んだ。

「……だから、我慢してる！　……あの人は私の紳士的なところを好いているから……だがこれからずっとこの我慢をし続けるのかと思うと……続けられるかどうかとても不安だ……」

「自分で自分の理想を高めてしまってますね、お馬鹿さんですね」

レリアの言葉は容赦が一切なく、エルネストの心にグサグサと突き刺さる。トラントゥール王国国王がこんなに情けないところがあるなどと、恐らくは誰も信じないだろう。だがレリアとここにはいないユーグは、これもエルネストを作り上げる一面だと知っているのだ。

レリアは小さく嘆息し、微笑みながら続けた。手のかかる弟を見守る姉の優しい瞳だ。

「好きな人の前でいい格好しようとして頑張り過ぎたからこんなことになってしまったのよ。もう少し情けない部分を見せてもいいんじゃないかしら。ヴィオレッテさまは懐《ふところ》が深い方だと思うわ。お仕えしているととてもそう感じるの。あなたのそんな情けないところを知ったとしても大丈夫だと思うけれど」

「そう、素晴らしい人だから当然だ。だが万が一ということがある。あの人に嫌われたらどうするんだ」

「……そうねぇ……あなた、駄目になってしまうわね。それはこのトラントゥールにとっては悲劇ね」

はあああぁぁ、とエルネストは深い深いため息をつく。レリアはエルネストの頭に片手を伸ばし、ぽんぽんと宥めるように軽く弾ませた。

「難儀な体質よね……」


召使いたちの手を借りて入浴を終え、夫婦の寝室に向かう。だが扉の前で、ヴィオレッテはいったん足を止めてしまった。

このあといつも通りにエルネストも入浴をすませ、ヴィオレッテと同じベッドに入り、自分を甘やかに愛してくれるだろう。だが、そのあと彼は、また部屋を出ていってしまうのだ。

この間見たエルネストとレリアの逢瀬《おうせ》が思い出され、ヴィオレッテの胸が痛む。

(今夜も、またレリアと……)

ヴィオレッテは慌てて首を振り、扉をそっと押し開けた。

エルネストがベッドから下りるのと入れ違いに、ヴィオレッテはベッドに入ろうとする。

直後、エルネストが何かに気づいて言った。

「ヴィオレッテ、まだ髪が濡れています」

こちらが何かを言い返す前にエルネストは召使いにすぐにタオルを持ってくるように言いつける。それを受け取ると、ヴィオレッテの髪を優しく丁寧に拭《ふ》いてくれた。エルネストの手の動きに、思わずうっとりとしてしまう。

「あ、ありがとうございます、エルネストさま」

「いいえ。あなたの綺麗《きれい》な項《うなじ》が見れて、私は嬉しいです」

エルネストはそう言って頭を下げると、ちゅ……っと首筋にそっとくちづけてくる。柔らかいくちづけはしかしながら官能的でもあり、ヴィオレッテは小さく喘《あえ》いでしまう。

(でも……今夜もきっと……)

ことが終わればエルネストはベッドを抜け出し、レリアと会うのだろう。王妃として王に愛されることは必要だが、レリアと会うのならば他の女の香りを纏っていくのは可哀想《かわいそう》だ。

ヴィオレッテは思わずエルネストから身を離してしまう。

「……あ、あの、エルネストさま、今夜は……」

エルネストに抱かれることは嬉しい。だがその手が本当に欲しがっている存在が自分でないとしたら、虚《むな》しいし寂《さび》しい。その気持ちが思わずエルネストを避けるものになってしまう。

「……っ」

エルネストの表情が、一気に凍りついた。それを見ていけないと思い、慌ててヴィオレッテは前言を撤回しようとする。はっきりと言葉にしなくとも聡《さと》いエルネストならばヴィオレッテの拒絶に気づくはずだ。

エルネストの頬に、ゆっくりと微笑が浮かぶ。自らの感情を綺麗に押し殺し、ヴィオレッテのことを気遣う微笑だった。

「気にすることはありませんよ。こういうことは互いがしたくなったときにするものです。

でも、身体の具合が悪いなどではありませんね？」

「は、はい」

「ならばいいです。さあ、眠りましょう」

エルネストがヴィオレッテをベッドに促《うなが》す。何とも言えない罪悪感を覚えながらも、ヴィオレッテは従う。

一緒にベッドに横になったものの、エルネストは指先が触れ合うこともないように、きちんと分別のある空白を保っている。自分から言い出したことなのに、それを寂しく思うのはあまりにも勝手だろう。ヴィオレッテは自然とエルネストに向かって伸ばしかけた手を握りしめた。

「おやすみなさい、ヴィオレッテ」

「はい。おやすみなさい、エルネストさま」


通常通りの執務を淀《よど》みなくこなしていたエルネストだったが、区切りがつくなり顔面蒼白《そうはく》になってユーグに零してしまう。

「……何か……何かがヴィオレッテにあったんだ……」

ただならぬ様子がその口調には含まれていて、ユーグも心配になる。相変わらずの無表情だったがいつもよりはずいぶんと柔らかい声で尋ねた。

「何があったんだ、陛下。メラニー嬢たちは見張っているが、いつも通りの子供じみた虐《いじ》めしかしていない。ヴィオレッテさまはそれを根気よくあしらっている。一時の感情に流されない素晴らしい資質を持つ方だ」

「ああ、そうだ。彼女は素晴らしい人だ。惚《ほ》れるなよ。惚れても私の妻だから無駄だからな」

「……」

ギンッ、と凍《い》てつく瞳で睨《にら》みつけながら言われ、ユーグは沈黙する。二人の間に何か重大なことが起こったのかと心配したことが馬鹿馬鹿しくなる。

ユーグは無言のままで次の決裁書類を渡す。受け取ったもののすぐには取りかからず、エルネストは続けた。

「昨夜、ヴィオレッテから拒《こば》まれた……」

「……っ！」

思いもよらなかったことを聞かされて、ユーグの顔色も少し血の気を失う。

「な、何かしたのか、陛下」

「心当たりはさっぱりない。というか、これでも私は彼女を求め過ぎているということなのか!?」

叫ぶようなエルネストの言葉に、ユーグは神妙な顔で思案する。ユーグが知る限りヴィオレッテの心を煩《わずら》わせているのはメラニーだけだ。そして大事なときにきちんとエルネストはメラニーを拒み、彼女からヴィオレッテを守っている。

まさか、とユーグはエルネストを見返した。

「あいつが……」

「その可能性があることは否めない。だが今のところ表立って動いているのは娘の方だけだ。だからといって監視を緩めるつもりはないが」

苦々しい口調になって、エルネストは言う。本当ならば今すぐにでも制裁を加えたいところなのだが、まだできない。

ユーグは目尻を優しく緩める。

「焦《あせ》るな。あともう少しだ。あの方も辛抱強く動いてくださっている」

「ああ、わかっている」

ユーグの気遣いの言葉に、エルネストは小さく笑い返す。だが次の瞬間にはまた再びの顔面蒼白状態だ。

「私は……まだ求め過ぎているのか……これはどんな試練よりもつらい……」

「何度も言うが……もうお前の身体の事情を話してしまっていいんじゃないか？　ヴィオレッテさまならお前の丸ごとを受け止めてくださると思う」

「受け止めてもらえなかったらどうするんだ！　彼女に嫌われたら私は生きていけないぞ！」

すかさず必死のていでエルネストが反論してくる。もしもヴィオレッテに嫌われたりしたら自害でもしてしまいそうだ。……いや、王の責務というものをきちんと理解しているエルネストがそんなことをしないとはわかっているのだが。

「わかった。変なことを言って悪かった。お前の好きにするといい」

だがこれで本当のことを話してヴィオレッテがエルネストのすべてを受け止めたとき——我慢し過ぎていたことでかえって大変なことになりはしないか、と、ユーグの思考が傾く。だがそれは、口にはしない。

代わりに言うのは、密偵からの報告だ。エルネストはユーグがその名を口にすると、表情を引きしめる。纏う空気も一気に硬質なものに変わった。……こんなふうにエルネストをこっけいなほどに狼狽《うろた》えさせることができるのは、世界中でヴィオレッテだけだった。

【5】

一度エルネストの求めを断ってしまってから、何とも言えないぎくしゃくした空気が漂《ただよ》うようになってしまっている。

これまでと変わらずにエルネストはヴィオレッテを気遣い優しく接してくれている。だがそれはどちらかと言うと腫《は》れ物にでも触るかのようで、ヴィオレッテとしても複雑だ。今も互いの公務の休憩時間に一緒にお茶をしているというのに、何だか会話が弾んでいない。

(ああ、駄目だわ。これは私のせいなのに……)

ヴィオレッテはエルネストとの仲を元通りにするべく、ことさら明るく笑いかけながら言った。

「エルネストさま、こちらのジャムがとても美味しいです。よかったらいかがですか？」

「ありがとう。いただきます」

エルネストが頷《うなず》いて笑ってくれたことにホッとしながら、ヴィオレッテはお茶請けのスコーンを自らナイフで割り、たっぷりとジャムを塗ってから皿を差し出す。エルネストが皿を受け取りながら、ふと微笑んだ。

「ヴィオレッテ、ついていますよ」

「え……？」

何がついているのかすぐにはわからず、ヴィオレッテは軽く小首を傾げる。受け取った皿をテーブルに置くと、エルネストはヴィオレッテの利き手を取った。

「あなたの指に、ジャムが」

「あ……」

ジャムのついた指先に、エルネストが唇を押しつける。薄く開いた唇から舌が出され、ぺろりとそれを舐《な》め取った。

それだけでは終わらず、エルネストはヴィオレッテの手首をふいに強く摑んで固定すると、ジャムがついていた指を舐め回してくる。

（な……に……!?）

指を根元まで飲み込み、口中で舌を絡めるようにして舐め回す。ジャムはもう取れているはずなのに、エルネストはヴィオレッテの手を、指を、味わってくる。

呼吸が荒くなり、舌の激しさはますます強くなる。食べられるのではないかと思う舌技は、しかしヴィオレッテの身体の奥に、燻《くすぶ》るような火を起こし始めた。

「あ……ああ……」

手を舐められて感じるなんて、なんてはしたない。そんな自分を知られたら、エルネストはどう思うだろう。

ヴィオレッテは慌《あわ》てて手を引く。ヴィオレッテの力ではエルネストの甘い呪縛から逃げることなど到底無理だったが、加えられた力が彼をハッとさせたらしい。エルネストの瞳が見開かれ、焦ってヴィオレッテの手を離す。

「……す、すみません、調子に乗ってしまって……」

「い、いえ……だ、大丈夫、です……」

エルネストから取り戻した手をヴィオレッテは胸に抱きしめ、俯《うつむ》く。頬が熱く、鼓動が跳ねているのをエルネストに知られたくなかった。

「ヴィオレッテ……」

エルネストはそんな妻を見下ろして、少し苦しげに名を呼んできた。恥ずかしくて顔を上げられないままでいると、エルネストはそのままの口調で続けた。

「節操のないことをしてすみませんでした。執務に戻ります」

「え……？」

まだ茶を始めたばかりだ。だがエルネストはさっさと立ち上がり部屋から出ていってしまう。こんなことは初めてで、ヴィオレッテは茫然《ぼうぜん》とその背中を見送ることしかできなかった。

（私……エルネストさまに嫌われてしまったの……!?）

先ほどのことでやはり自分は、はしたない女だとでも思われてしまったのだろうか。いや、他に何か思っていたのとは違うと感じられたのかもしれない。ヴィオレッテは軽いふらつきを覚えて、テーブルに片手をついてしまう。

そこに、新たな菓子を持ってレリアが戻ってきた。ヴィオレッテの様子を見ると、レリアはひどく心配そうな顔で走り寄ってくる。

「ヴィオレッテさま！　何かあったのですか!?　陛下はどちらに行かれたのですか!?」

ヴィオレッテは小さく息を吸い込み、いつも通りの自分を演じながら答える。

「大丈夫よ、何でもないわ。何か急ぎの御用でもあったのかもしれないわ。陛下は執務に戻られました」

「陛下が……？」

信じられないというように、レリアが言う。

(悪い方向に考えないようにしていたけど……それは私の我儘《わがまま》だったのかもしれないわ)

想いが通じ合っていても、実際に一緒に生活をしてきたらいろいろと違うと感じることがあるのだろう。その違和感をエルネストが話さないのは彼の優しさだ。だがこのままでいて王妃としての最たる務めを果たせないことにまでになってしまったら。

(兄さまに、相談してみようかしら……)

レリアたちにはとても話せない。ヴィオレッテはすぐに自室に戻り、この休憩時間に母国の兄へ手紙をしたためることにしたのだった。


——兄への相談の手紙を送ってから一週間ほどになったが、返事は未だに来ない。その間、エルネストとの仲は元通りどころか一緒にいられる時間が少なくなってしまっている。何やらエルネストは仕事が増えてしまったらしく、執務室にこもりきりで休憩すら取らないのだ。これでは身体に悪いと進言してみたが、「大丈夫ですよ。私は騎士ですから、この程度で体調を崩すことなどありません」とあの優しい笑顔であっさりと拒まれてしまった。確かにエルネストは身体を鍛《きた》えている。それは彼に抱かれているときなどにとてもよくわかる。だが、だからといって安心できるわけもない。

さらに言い連ねようとしたヴィオレッテに、エルネストは今度は神妙な表情で続けた。

「誰にも邪魔されないあなたとのまとまった時間を作りたいのです」――そう言われてしまうと、ヴィオレッテももう反論できなくなってしまった。同時に、不安も強まる。

まとまった時間を作り、二人で過ごす――わざわざそんな時間を作るのは、何か言いづらいことでも話すつもりなのではないかとも、思えるのだ。

考え過ぎだと一笑できないのは、自分に自信がないからだ。ヴィオレッテは授業の最中だというのに、思わずため息をついてしまう。

「ヴィオレッテさま、今日はもう終わりにいたしましょう」

レリアが優しい微笑を浮かべて言う。ハッとしたヴィオレッテは再び教本に向かうが、確かに内容はまったく頭に入ってこない。

「何かお悩みごとがおありですか？　最近のヴィオレッテさまはお元気がありません」

「あら、そんなことはないわ。レリアの気にし過ぎよ」

「そうは見えませんでした。てっきり陛下と会える時間が少なくなっているからお寂しいのかと」

「……っ」

理由の一つについて図星を指され、ヴィオレッテは赤くなる。レリアはその様子を微笑ましげに見返した。

「あともうしばらくのご辛抱ですわ、ヴィオレッテさま。この調子でいけば一週間くらいは政務を離れても問題はなさそうなほどにまでなると思います。一週間、お二人でのんびりとお過ごしになればよろしいかと」

そんなに長い時間をエルネストと過ごせるのは嬉しい。思わず口元が綻んでしまいそうだ。

……ということは、予想しているような悪いことは起きないのだろうか。

「レリア、あの……エルネストさまからどうしてそんなことを思いついたのか、聞いている？」

「詳しくは聞いてませんが、ヴィオレッテさまに何かお話ししたいことはおありのようでしたよ」

「話したいこと……」

それが何なのかわからないから、不安になる。しかも微妙にすれ違いの時間が多いから、余計だ。

「そろそろお茶の時間ですね。お持ちいたしますのでお待ちください」

（お茶）

それならばエルネストも少しくらいは休憩をするはずだ。いや、しなかったとしても茶くらいは口にするだろう。それを自分が用意して執務室に持っていくのはどうだろうか。

上手くすればエルネストの目的もわかるかもしれない。ヴィオレッテは希望を見出せたような気がして、立ち上がった。

「エルネストさまに、お茶をお持ちするわ。邪魔には、ならないようにするから」

「そんな心配はまったくの杞憂《きゆう》だと思いますが」

レリアがクスクス笑いながら送り出してくれる。ヴィオレッテは厨房に向かった。

召使いたちもこの辺りではずいぶんと気を緩《ゆる》めているようで、年頃の娘たちの楽しげな会話が聞こえた。何となく入っていけない空気が漂っていて、ヴィオレッテは厨房に踏み込むのを躊躇《ためら》ってしまう。……それに勢いづいてここまで来てしまったが、王妃が自ら厨房まで足を運ぶのはこの国ではいいことなのだろうか？

「カップやお菓子は二人分用意して！　メラニーさまがお見えになられているから」

会話の合間に聞こえた言葉に、ヴィオレッテは軽く驚く。

彼女が来ているなど、聞いていない。自分のところでないのならば、誰のところに――さほど思案するまでもなく、答えは見つかる。

（エルネストさまのところだわ）

「お茶請けはこちらでいいの？　とても可愛いケーキね！」

「メラニーさまがご自身で作られたそうよ。執務室にこもりっぱなしの陛下のためにって」

「わあ、健気《けなげ》！　男ならきゅんっと来るんじゃない？」

「でしょうね。陛下がお忙しくなられてからはほぼ毎日こちらに来られているし」

（毎日!?）

予想もしていなかった事実に、ヴィオレッテは愕然《がくぜん》とする。だがそんなことはエルネストたちから少しも聞いていない。

「それで妃殿下の方は何をしているの？」

「お妃さま勉強よ。まだ終わらないみたいね」

「今さらなのね。メラニーさまだったらもうそういうことは全部おわかりになられているから必要ないのに、無駄じゃない？」

「そう言ってもこればっかりはねえ。同盟があるし」

「トラントゥールの国力を考えたら、ルヴェリエなんて攻め入ってしまえば一番いいのではないの？」

茶の用意をする食器音をさせながら、召使いたちが頷き合う。ヴィオレッテはそれ以上聞いていることができず、逃げるように厨房をあとにしてしまった。

エルネストのところに再び向かうこともできず、ヴィオレッテは自室に戻るしかない。

教本を片付けていたレリアが、予想以上に早いヴィオレッテの戻りに驚いて顔を上げる。だがヴィオレッテの表情が固く強張っていることに気づくと、ひどく心配げな顔になった。

「ヴィオレッテさま⁉　どうされたのですか⁉」

「大丈夫よ、レリア。少し疲れたみたいで気分が悪くなってしまったの。このまま少し横になるわ」

「わかりましたわ。お医者さまを……」

「それは大丈夫よ。呼ばないで」

単に一人になりたい気持ちが咄嗟《とっさ》につかせた嘘だ。大事にはしたくなく、ヴィオレッテは慌てて言う。

レリアは何かを感じたのか、一瞬探るように瞳を細めたあと頷いた。

「わかりましたわ。どうぞゆっくりお休みください。人払いもしておきます」

「ありがとう。あの、エルネストさまには……」

「そちらも大丈夫です。黙っておきますわ」

レリアの言葉にホッとして、ヴィオレッテは寝室に向かう。いつも二人で眠る場所は、一人だととても広く感じられた。

（私は……どうしたらいいのかしら……）

「では陛下、お疲れさまです。お身体の方はどうぞお気をつけくださいませ。また明日、参りますわ」

優美な礼をして退室していくメラニーの言葉に、エルネストは強い虚脱感を覚えてしまった。

ヴィオレッテとの時間を作るためにこうして執務室にこもっているのだが、それを聞きつけたメラニーが毎日、やって来る。仕事三昧《ざんまい》の自分をいたわるためということだが、メラニーの相手をしている間にどれだけの仕事が進むのかを考えてほしい。

それに対してヴィオレッテはよくわきまえてくれる。一度きちんと断ればそれ以上しゃしゃり出ることをしない。そして二人で話ができるときにこちらを気遣ってくれる。何かを差し入れてくれるときもその用事だけすませたら名残惜しげにしながらも、すぐに退室してくれるのだ。

対してメラニーは当たり前のように居座り、ただの世間話をする。差し入れは手作りの菓子で、それを口にすることを相手に強要までしてくるのだ。

現状では、ある作戦のためにメラニーを追い返すことができないのが苛立《いらだ》ちを覚えるところだ。あの子供のような独占欲を見せてくる彼女を自分にまとわりつかせておかないと、奴は警戒するかもしれない。そのために仕方ないとわかってはいても、精神的苦痛は思った以上だ。ヴィオレッテが自分の妻として傍《そば》にいてくれていて、本当に癒されている。

（そう……彼女とは、まるで違う）

自分が愛したものからは愛され返されることが当たり前だと思う傲慢《ごうまん》さは、本当の気持ちを言えば顔も見たくないほどだ。だがヴィオレッテはずいぶん失礼なことを言われ、されたとしても、感情的にならないように努めてくれる。その努力を無にしたくないから、エルネストも我慢しているのだ。

(本当に彼女は素晴らしい)

美しく可愛らしく王女としての気質を備えた彼女に、自分の妻として傍にいてもらえている。エルネストにすればこれ以上の幸せはない。だが、血筋による体質により、ヴィオレッテに嫌われてしまいそうなことがつらい。

「……ままならないものだな……」

思わず苦々しく呟《つぶや》いた直後、執務室の扉をノックしてからユーグが姿を見せた。その片手には銀トレーがあり、一通の手紙が乗っている。

「陛下、ルヴェリエ国王からの手紙だ」

定期的に手紙のやり取りをしている間柄《あいだがら》のため、特に身構えることもなく手紙を受け取り開封する。だが内容を見た直後、エルネストは蒼白になって硬直した。あまりの変化に驚き、ユーグは尋ねる。

「陛下、いったいどうし……」

「あとのことは頼む！　すまん!!」

風の残滓《ざんし》だけがユーグの前髪を揺らすほどの勢いで、エルネストは走り出す。いったい何があったのかと落とされてしまった手紙を拾い上げ、中身を確認し——ユーグは思わず口元を綻ばせた。これはエルネストとヴィオレッテのぎくしゃくした現状を打開するいい起爆剤だった。

(兄さま……本当にどうされたのかしら。まだ返事が来ないなんて……)

トラントゥールに嫁《とつ》いでから何度か手紙を出しているが、こんなふうに音沙汰《おとさた》がないのは初めてだ。ルヴェリエ王国で何かあったのかと思い、ヴィオレッテなりに調べてみたが、とても平和で問題も起こっていない。その状況で返事が来ないことが不思議だ。

ヴィオレッテはレース編みの手を休めて、小さく嘆息する。

今日はレリアの勧めで午後の授業を取りやめ、好きなことをして過ごすことになった。もちろんヴィオレッテは反対したのだが、休憩も大事な授業だと言われてしまい、従うしかなかったのである。

何もしないことは性に合わず、編みかけのレース編みをしていたのだが、どうしても兄からの手紙のことを考えてしまう。ヴィオレッテはレースを膝《ひざ》の上に置き、今度は自覚を持って深いため息をついた。

直後、ノックもなくヴィオレッテの私室の扉が開け放たれた。あまりに突然で予想外だったため、何者かの襲撃かとヴィオレッテは慌ててソファから立ち上がる。だが息急き切って飛び込んできたのはエルネストだった。

「エルネストさま!?　どうされたのですか!?」

「――ヴィオレッテ、私はあなたと離縁するつもりなどまったくありませんよ!!」

ヴィオレッテの前に走り寄り、二の腕を摑んで引きずり寄せるようにしながらエルネストが言う。

怒鳴りつけるかのような声にヴィオレッテは驚き、瞳を瞬かせた。これもまた突然過ぎて何が何だかわからない。

だが、エルネストの表情は必死だ。こんなに必死な様子は見たことがなく、ヴィオレッテはさらに驚いてしまう。

「あなたがメラニーに引け目も負い目も感じることは一切ありません。同盟に対して確かに良くない感情を抱いている者もいます。ですが私はあなた以外を妻にするつもりはありません。何度お伝えすればおわかりになりますか？」

少し苛立った口調でエルネストは言い重ねる。エルネストには伝えていないことを口にされて、ヴィオレッテはますます驚きに目を見張った。

「エ、エルネストさま、どうしてそのことを……」

「カミーユから手紙が届きました。あなたが私との関係に悩んでいると……！　いったいなぜ、どうして！　そんな馬鹿なことを考えて……！」

「エ、エルネストさまは、私の身体がお気に召さないのでしょう……？」

エルネストの勢いにつられるようにして、ヴィオレッテも口にしてしまう。

確かにエルネストが言ったことも不安要素だったが、何よりもヴィオレッテが心配していたのは自分との情事に問題がありそうなことだった。王妃としての一番の勤めを果たせないことよりも、エルネストが満足できない身体であることが、嫌だった。

(だって、私は……エルネストさまと好き合って夫婦になれたのに……!!)

エルネストに触れてもらえると、とても嬉しくて心地よくて安心する。エルネストから伝わってくる思いを感じ取れる。その幸せな気持ちを自分がエルネストに与えることができないなんて、悲しい。

今度はエルネストが驚きに瞳を丸くした。エルネストの反応が意外で、ヴィオレッテは戸《と》惑《まど》ってしまう。

二人でまじまじと見つめ合い、互いの次の言葉を待つ。だがどちらもタイミングを計っていたためか、口を開くのも同時になってしまう。

「あの……っ」

「ヴィオ……っ」

言葉が重なり合い、再び沈黙する。数瞬のあと、エルネストが気持ちを落ち着かせるように深く息をついてから言った。

「ヴィオレッテ……私から話してもいいですか?」

「は、はい」

「私があなたの身体が気に入らないとは、どういうことでしょうか」

じっと強く見つめてくる瞳は、ヴィオレッテの嘘や誤魔化《ごまか》しを見抜こうとするものだ。聞きたくても聞けなかったことを尋《たず》ねられる最大の機会だろうこのときを、ヴィオレッテは逃したくない。

「エルネストさまは私を抱いたあと、寝室を出ていますよね……？」

う……っ、とエルネストが息を詰める。彼らしくなく視線が揺らいだ。

「夫婦にならなければわからないこともあると聞いています。エルネストさまは私の身体がお気に召さなかったのでしょう？　どんなに仲のいい夫婦でも、身体の相性が良くなければ上手くいかなくなることもあると……聞いたことがあります……」

エルネストの表情がさらに固くなる。同時に冷や汗が滑り落ちてきそうなほどに青くなった。

すぐに肯定しないのは、ヴィオレッテのことを気遣ってくれているからだろう。無下《むげ》に扱《あつか》わないのは同盟婚を考えてくれているからだ。エルネストは本当に優しく紳士的な人だと、切なさと同時に改めて惚《ほ》れ惚《ぼ》れしてしまう。

（でも、おつらいなら無理に引き止めてはいけないのだわ）

身体の相性が悪いのは、仕方がないことだ。自分はエルネストが初めての男で、閨《ねや》の技を勉強してはこなかった。兄がいいと言ってくれていても甘えることなく、独学でもしておけばよかったのだ。自分の怠慢《たいまん》が招いたことだ。

自分のせいでエルネストの男としての身体に負担をかけるのならば、それを解消してくれる人に頼るしかない。だがそれを改めて口にすることは、ヴィオレッテの胸に思った以上の痛みを与えてきた。

泣きたいような気持ちになりながらも、ヴィオレッテは理性を総動員させて続ける。

「エルネストさまがご満足いただける方がいらっしゃるのならば、夜はその方とご一緒した方が……」

「冗談ではない！　目の前に愛する方がいるのに、そんな必要はないでしょう」

「でも、エルネストさまは毎晩出ていかれて……」

「あなたを壊さないようにするためです！」

エルネストはひどく必死の体《てい》で言うが、ヴィオレッテは戸惑《とまど》って動きを止めてしまう。自分を壊さないようにするためとは、どういうことだろうか。

ヴィオレッテの戸惑いの顔を認めたエルネストが、深く息を吐いた。それから改めてヴィオレッテを見つめる。何かを決意したかのような改まった表情に、ヴィオレッテも息を詰めるようにして見返す。

エルネストはしばし言葉を探すかのように視線を彷徨《さまよ》わせたあと、唇を動かした。

「その……どうか、嫌わないでください……私は——性欲が強いんです」

「……え……？」

とても真面目な話をしているのだと思っていたのだが、何だか違うような気がする。どう応えればいいのかわからずただ無言で見返すヴィオレッテに、エルネストは追いつめられたように続けた。

「私たちトラントゥールの祖先である獣人は、人より格段に強い肉体を持ちます。トラントゥールの祖先たちは純血を重んじたために血族婚を繰り返してきました。時代の流れに沿ってそれも廃《すた》れましたが、そのせいか王族の直系は今でも獣人の体質を強く持つ者が生まれることがあります。私も、その一人です」

「獣人の体質……」

まだよく話が呑《の》み込めていないため、ヴィオレッテはぼんやりとした口調で呟く。エルネストが顔を赤くしながら頷いた。

「獣の本能は、生きるため——そして血を残していくことです。私の性欲の強さはそこから来ます。あなたが欲しくて欲しくて……堪らないんです」

紳士的で優しく気遣いに富んだエルネストの口から出てくる言葉とは思えないほどに生々しい。だがこちらをじっと見つめてくる瞳には、確かにヴィオレッテを渇望《かつぼう》する欲望の色合いが見て取れる。この瞳は、ヴィオレッテを抱くときに何度も見たことがあった。

「でも、思うままにあなたを抱いてしまったら、あなたの普段の生活に支障が出てしまいます。……初夜のあと、昼くらいまで起きられなかったでしょう?」

当時のことを思い出して、ヴィオレッテは真っ赤になりながら俯く。エルネストは申し訳なさげに続けた。

「あのときはすみませんでした。あなたが私の妻になってくれたことが嬉しくて、我慢できませんでした……」

「で、では、その性欲を解消するために夜中にレリアと会っているのですか？　それはあまりにもレリアに失礼……」

「誤解しないでください！　レリアだけではなくユーグにも協力してもらっています!!」

「……ユ、ユーグにも……!?」

男も相手にできるのかと、ヴィオレッテは目を見開く。その表情で誤解に気づいたエルネストが、さらに慌てて言った。

「違います、二人には剣の相手をしてもらっているだけです！　私が抱きたいのはあなただけで、あなた以外の女性にはまったく興味がないんですよ!?」

叫ぶように言いきったエルネストは、必死過ぎるために肩で大きく息をしてしまうほどだ。

勢いに圧されて、ヴィオレッテはまた沈黙してしまう。

エルネストは顔を赤くしたまま、口元を片手で覆《おお》う。

「すみません……幻滅しましたか……」

ふるる、とヴィオレッテは無意識に首を振っている。

(そうだったの……エルネストさまは私のことを気遣ってくださっていただけなのね)

ホッとしたら、不意に涙が一粒溢《あふ》れ落ちた。

「ヴィオレッテ!?」

エルネストが直後に目を見開いて、ヴィオレッテの腕を摑んでくる。

「すみません……！　あなたの夫として情けない姿を見せてしまって……ですが、私はあなたと離縁する気はまったくありません。あなたが嫌だと言っても離しませんから！」

こんなに必死なエルネストを見るのは初めてだ。ヴィオレッテは慌てて言う。

「違います。ホッとしてしまって……私、メラニー嬢のように剣も使えませんし、レリアのように妖艶な身体もしていませんから、エルネストさまががっかりされたのかと思って……私のことで何か嫌なことがあったのかと思ったから……よ、よかったです、嫌われてなくて……」

エルネストの想いはすべて自分に向けられていることをきちんと教えてもらえた安心感から、涙がポロポロ溢れてしまう。

「ああ、ヴィオレッテ……！　私があなたを嫌うなんてことは絶対にありません。あなたを泣かせてしまい、申し訳ありません……！」

エルネストがヴィオレッテを包み込むように抱きしめ、目元の涙に優しいくちづけをくれる。ヴィオレッテはホッとし、エルネストの背中に腕を回して抱き返した。

「あなたが大切だから……無理をかけたくなかった。でもそれが、あなたを不安にさせてしまったんですね」

「誤解してしまった私がいけないんです。エルネストさまのお気遣いがわからなくて……でも、エルネストさま。私はあなたの妻としてあなたの妃としてこの国に来ました。だから、そういう遠慮はいりません。私たちは、夫婦になったんですもの」

エルネストの胸から顔を上げて、ヴィオレッテは少し恥ずかしげに微笑む。エルネストはその笑顔を眩《まぶ》しげに見返し、呟いた。

「ユーグとレリアの言う通りだったな……」

「どういうことですか？」

「あの二人は素直にあなたに話してしまえばいいと……あなたならば、私のすべてを受け止めてくれると……」

エルネストがくすぐったそうに笑う。それがいつもより子供っぽい嬉しさを表しているように見えて、ヴィオレッテの心がきゅんっとときめく。ヴィオレッテは胸元を片手で握りしめて、俯いた。

「あ、当たり前、です……私は、あなたの……っ、妻、なんですから……」

「はい、そうですね。あなたは私の妻だ」

改めてそう言われると、何だか急に恥ずかしくなる。俯いたまま、ヴィオレッテは耳まで真っ赤になった。

「では夫として、あなたにお願いしたいことがあります」

エルネストがヴィオレッテの身体に回した腕に力をこめ、さらに抱き寄せる。エルネストの身体が今まで以上に密着し、鼓動が跳ねた。

エルネストがヴィオレッテの耳元に唇を寄せる。覆いかぶさるように端整な顔を近づけて、エルネストは囁いた。

「あなたを、抱きたい」

ひどく直接的な言葉を紡《つむ》ぐ声は、艶《つや》めいて低い。ヴィオレッテが答える前に、エルネストは囁きかけた耳元にふうっと息を吹きかけてきた。

「……あ……っ」

ぞくん、と背筋を這《は》い上がってきた快感に、ヴィオレッテは身を震《ふる》わせる。そのまま耳にくちづけられ、舌がそっと小さな穴に入り込んできた。

わざと唾液《だえき》の音をさせて、エルネストが耳穴を舌で犯してくる。ちゅぷ、くちゅっ、と耳に入り込む水音と熱い吐息に、すぐに立っていられなくなってしまう。

ヴィオレッテはエルネストの腕を摑んで自身を支えながら言った。

「……わ、かりました……あ、あの……し、んしつに……」

「今ここで。もう我慢できません」

(……え!?)

情事はベッドの上でと自然と思っていたヴィオレッテの常識を、エルネストはあっさりと覆《くつがえ》す。エルネストはヴィオレッテの腰に片腕を絡めて強く引き寄せながら、唇を貪《むさぼ》ってきた。

「……ん……んふ……ふっ」

「ヴィオレッテ……あなたも舌を絡めてください。私がしているように……」

熱い声で促《うなが》され、ヴィオレッテは激しく深いくちづけにくらくらしてしまいながらもエルネストの促しに従う。拙《つたな》い動きではあったが、ヴィオレッテが反応を返してくれたのが嬉しかったらしく、エルネストのくちづけはますます激しくなった。

「ん……んぅ、んっ、んぅ……」

一生懸命に舌を絡め返していると、エルネストがヴィオレッテの身体をふいに抱き上げる。軽々と抱き上げられたヴィオレッテをくちづけながら仰向けに下ろしたのは、テーブルの上だった。

読んでいた本と茶を飲み終わったカップが置いてあるテーブルの上でいったい何をするのかわからず、ヴィオレッテはされるがままになってしまう。

「……んぁ……っ」

エルネストの唇が離れてしまい、ヴィオレッテは思わず強請るような甘い声を上げてしまう。エルネストはテーブル上のヴィオレッテの姿を欲望でギラつく瞳で見下ろした直後、足元にひざまずいた。

エルネストはヴィオレッテのドレスのスカートの中に潜り込み、内股の間に頭を入れてきた。

「……エ、エルネストさま……っ!!」

「……ん……」

ヴィオレッテの内股に両手を当てて押し広げ、エルネストは薄い下着の上から蜜壺《みつつぼ》の入口に舌を這わせてきた。尖らせた舌先で割れ目に布地を押し込むようにぐにぐにと愛撫《あいぶ》してくる。

「……あっ、あぁ……あっ」

くちづけですでに濡《ぬ》れ始めていた秘裂《ひれつ》で布が擦れ、むず痒《がゆ》いような快感がやって来て腰が揺れる。エルネストはヴィオレッテの足の間に顔をさらに押し入れ、舌で舐め回した。

「んう……んく、ん……」

舌の愛撫に淫らな声が漏れてしまいそうになり、ヴィオレッテは片手で口を塞《ふさ》ぐ。エルネストが大きく息をついて口を離した。

「ああ、駄目だ。直接舐めたい」

エルネストはヴィオレッテのドロワーズをむしり取るようにして脱がせ、恥丘《ちきゅう》にかぶりつく。

熱くぬめった舌が二枚の花弁《かべん》をねっとりと舐め回し、指がその間で息を潜めていた花芽《かが》を剝《む》き出した。

「あなたのこの小さな芽は、いつも慎《つつ》ましやかで可愛らしい。たっぷり可愛がってあげたくなります」

「……っ！」

エルネストの濡れた舌が花芽に触れ、上下左右に容赦なく嬲《なぶ》り始めた。尖らせた舌先で細かく揺すぶるような愛撫をしたり、舌全体でねっとりと根本から先端までを舐め上げられたりして、ヴィオレッテの身体はあっという間に高まってしまう。

「ん……んんっ、んー……っ」

エルネストはとろとろと際限なく溢れ出してくる蜜を啜《すす》り、味わう。じゅるっ、じゅっ、と耳を塞ぎたくなるような淫《みだ》らな音に、しかし身体は高まる一方だ。

「あ……あ、も、う駄目……っ」

押さえた掌の下で、ヴィオレッテは小刻みに震えながら言う。エルネストはヴィオレッテの膝裏を摑むと、それを乳房に押しつけるようにぐいっと押し上げる。

たっぷりとしたスカート部分が捲《めく》れ上がり、恥部が見えてしまう。エルネストはヴィオレッテに見せつけるように舌を動かした。

（エ、エルネストさまが私の……）

今までは感覚の方が強く、目でとらえることがなかった。エルネストが自分に何をしているのかをまざまざと教えられて、堪らない羞恥に身悶《みもだ》える。

「ああ……恥ずかしいですか？　ですが恥ずかしがるあなたも素敵だ」

エルネストが指で花弁を押し込み、さらに花芽を突出させて愛撫してくる。とめどなく与えられる舌の愛撫にヴィオレッテは縋りつくものを求めて、テーブルクロスを強く握りしめた。

花芽を唇でしごかれ、歯で甘嚙みされる。目の前が真っ白になるような快感が一気に全身を走り抜け、ヴィオレッテはついに堪えきれずに高い喘《あえ》ぎ声を上げながら達した。

震え、ひくつく蜜壺から溢れ出す花芽を、エルネストは音を立てて啜る。ヴィオレッテはテーブルの上で荒い呼吸を繰り返しながらぐったりしていた。

(身体が……熱い……)

まだ膣内《ちつない》が痙攣《けいれん》している。すぐには動けそうもないと大きく息をついた直後、エルネストがすぷりとヴィオレッテの中に入り込んできた。

太く逞《たくま》しい肉茎を達したばかりの蜜壺の中にいきなり奥深くまで押し込まれ、ヴィオレッテの身体が仰《の》け反《ぞ》る。不思議なことに、それが息苦しくはなくひどく気持ちよくて、ヴィオレッテは軽く目を見開いた。

「ああ……な、に……これ、は……」

「あなたの蕩《とろ》けた顔……とても、可愛らしい……。明るいとはっきり見えていいですね」

エルネストがヴィオレッテの上に胸を押しつけるように覆いかぶさってくる。そしてずるりと肉茎《にくけい》を雁首《かりくび》までゆっくりと引き抜いたあと――ヴィオレッテの最奥《さいおう》を突き破らんばかりの勢いと強さで出入りし始めた。

「あっ！　ああっ！　ああ!!」

全身が戦慄くほどの強烈な快感が与えられる。コツコツと子宮口を突かれ、ヴィオレッテは硬いテーブルの上で仰け反った。

初めて知るこれまでにない気持ちよさはヴィオレッテの心を戸惑わせる。思わず逃げ腰になると、エルネストがくちづけながら細腰を両手で摑んで引き寄せた。

「駄目です。逃がしませんよ」

「んあっ!!」

ヴィオレッテの腰を強く掴んで、エルネストが腰を激しく振る。愛蜜《あいみつ》が潤滑剤となり、抽《ちゅう》送《そう》はとても滑《なめ》らかだ。

エルネストはヴィオレッテの中を力強く貫き、膣壁《ちつへき》を激しく亀頭で擦ってくる。ヴィオレッテが快楽に身悶えても、自重をかけて押さえつけるように穿《うが》ってくる。

「ヴィオレッテ……ヴィオレッテ……っ」

熱に浮かされたように熱く名を呼ばれ、それにも感じてしまう。その度にヴィオレッテの膣内がきゅうっ、と締まり、無意識のうちにエルネストを快楽に導いていた。

ガタガタとテーブルが揺れ、本が落ちる。カップもあとを追ったが、幸い毛足の長い柔らかな絨毯《じゅうたん》のおかげで割れはしなかった。

「ああ……っ、ああっ！　あん、ンァ……っ」

「素敵です、ヴィオレッテ。もっと乱れてください」

エルネストがさらに腰を激しく振る。瞬く間に絶頂に押し上げられ、ヴィオレッテは背中をしならせて仰け反った。

「……ああああっ!!」

「……っ!!」

一瞬後にはエルネストも達して、ヴィオレッテの奥深くにたっぷりと精を注ぎ込んでくる。

胎内に感じるエルネストの脈動に、ヴィオレッテはぐったりとしながらもとても満たされた気分を感じていた。

エルネストがヴィオレッテの唇に甘いくちづけを与えてくれる。それをうっとりと受け止めると、エルネストが動いた。

「え……？」

ひくつく蜜壺の中に自身を納めたままで、エルネストはヴィオレッテの身体を反転させる。テーブルの上で横向きにされると中に入ったままのエルネストの肉茎が膣壁をぐりりと刺激してきて、ヴィオレッテは震えた。

エルネストはヴィオレッテの片膝の裏に掌を押しつけ、今度は両足を縦に割り開く。そしてそのままの体位で、エルネストはずんずんと腰を打ちつけ始めた。

「ひぁ……あぁぁっ!!　んぁ！　あんっ!!」

腰を打ちつけながらエルネストはヴィオレッテの髪を払い、耳を覗かせて耳穴に舌を這わせてくる。感じやすい耳を舌で犯されながら、蜜壺を激しく肉棒で擦り立てられる。ヴィオレッテは頬をテーブルクロスに押しつけながら、首を振った。

「……ああっ!!　あぁぁっ!!」

もうどうにかなってしまいそうで、ヴィオレッテの瞳からは快楽の涙が溢れてしまう。エルネストはその涙を吸い取りながら繋がっている場所に手を伸ばし、尖って硬くなっている花芽を指でつまんだ。

「……ひ……っ!!」

予想していなかった愛撫に、ヴィオレッテの身体が打ち震える。同時に蜜壺が蠕動《ぜんどう》し、エルネストの男根をきつく締めつける。それはエルネストが思わず熱い息を吐いてしまうほどだった。

「……あなたの中はとても心地いい……ずっと、この中にいたいと思ってしまいます」

「あ、ああ！」

挿入角度が変わったために新たな場所を亀頭で突かれ、ヴィオレッテは喘ぐ。エルネストはヴィオレッテの頰やこめかみ、耳や唇にくちづけながら激しく動いた。

「あ……あああ……もう、もう……っ！」

「いいですよ、ヴィオレッテ。イッてください……！」

ヴィオレッテの身体も激しく揺れるほどに、エルネストが腰を振る。目の前がチカチカするような快楽に包まれて、ヴィオレッテは再びの絶頂を迎える。エルネストも低く呻《うめ》き、射精の衝動のままにすべてを注ぎ込んだ。

熱い衝撃にヴィオレッテの身体がビクビクと震えた。エルネストは汗ばんだ頰に貼りついてしまった髪を優しく払いのけ、唇に甘いくちづけをくれる。ヴィオレッテの呼吸がある程度整うまで柔らかくくちづけたあと、エルネストは名残惜しげにヴィオレッテの中から引いた。

「あ……っ」

とろ……っ、と蜜壺の入口からエルネストの精が滴《したた》り落ち、内腿を伝った。その熱い感触にもぞくりと感じてしまい、ヴィオレッテは頬を赤くする。

エルネストがヴィオレッテの額に軽くくちづけて言った。

「汗をかいてしまいましたね。一緒に湯浴みをしましょう」

スカートを下ろしてしまえば、濃密な情事もあっという間に隠されてしまう。だが身体は火照《ほて》り、内腿にはエルネストの熱が滴り落ちてくるほどで、かえってヴィオレッテの道徳心を刺激してきた。

エルネストがヴィオレッテの身体を軽々と抱き上げる。足ががくがくして力が入らないため、ヴィオレッテはされるがままだ。

エルネストが呼び鈴を鳴らすと、すぐにレリアがやって来る。自分たちが何をしていたのかをレリアに悟られることが恥ずかしくて、ヴィオレッテは自然とエルネストの胸に顔を伏せてしまった。

「湯浴みの用意をしてくれ。今日の執務はこれで終了だ。あとはユーグに任せる」

レリアは笑って頷き、すぐに命に従う。ヴィオレッテはぐったりしながらもエルネストの胸から顔を上げた。

「よ、よろしいのですか……？」

エルネストは満面の笑みを浮かべて頷く。

「はい。元々あなたとの時間をゆっくり取るために仕事をすべて前倒しにしていました。しばらく離しませんよ」

ヴィオレッテが何かを答える前に、エルネストがくちづけてくる。優しく舌を搦《から》め捕《と》られたあとは、すぐに濃密なくちづけになってヴィオレッテの思考を蕩けさせる。

唇を離したエルネストは、笑顔をそのままに続けた。

「さあ、湯浴みをしましょう。私があなたを綺麗《きれい》にして差し上げます」

「エルネストさまにそんなことは……」

慌てて遠慮し、ならば自分がエルネストに——と言おうとしたヴィオレッテは、ハッとする。

「ま、まさか、一緒に入浴を……？」

「はい。まだまだおさまりません」

にこにこと笑顔のままでとんでもないことを言っているような気がする。

いつもは一人で過ごす浴室に、今はエルネストと二人だ。相当恥ずかしいのだが身体にまだ力が戻っていないヴィオレッテには抵抗などできず、エルネストに甲斐甲斐《かいがい》しく世話されるように入浴している。

猫脚のバスタブにはたっぷりの湯がはられ、白く濁《にご》る入浴剤が入っている。湯が透明のままよりは格段にいい。湯に溶かし込むと少しとろみができるものだった。

「……あ……エ、エルネストさま……も、もう身体は洗い終わって……」

「そうでしたね。でもあなたの肌は心地いいので、ずっと触っていたいんです」

ヴィオレッテの窘《たしな》めるような言葉に、エルネストは楽しげに笑いながら答え、後ろからヴィオレッテの頬にくちづけてくる。そうしながら伸ばされた腕がヴィオレッテの胸の膨らみを包み込み、やわやわと柔らかく揉《も》みしだいている。

指先がとろみのある湯をすくい、それを乳首に塗り込むように弄ってきた。くすぐったいような愛撫が、だんだんと官能的なものに変わっていくのがわかり、ヴィオレッテは何とか湯船から脱しようとする。

だが、バスタブの中では逃げ場所がない。特に今は後ろから抱きしめられた体勢で湯船に座っている。立てた膝の間にヴィオレッテを挟み込むように抱きしめているから余計だ。

(そ、それに、お尻に硬いものが……)

当たっているものが何なのか、わざわざ確認しなくともわかる。エルネストの男根は未だ猛《たけ》っていてヴィオレッテを貪る機会を狙っているかのようだ。

(また、あんなふうに抱かれたら……どうなってしまうの)

はしたない女になったら、エルネストに呆《あき》れられてしまうかもしれない。そうなりたくはないのに、エルネストが与える快楽はヴィオレッテの羞恥や理性を根こそぎ奪い尽くすほどに強烈なものなのだ。

エルネストが湯で濡れた項《うなじ》を、戯《たわむ》れるように啄《ついば》んでくる。それだけでもとても感じてしまい、ヴィオレッテは肩を竦《すく》めた。

「……のぼせて、しまいますから……」

「ああ、そうですね。長く浸《つ》かり過ぎるのもいけません」

エルネストがヴィオレッテの腰に絡めた腕に力を入れて、一緒に立ち上がらせてくれる。濡れた裸身をエルネストに晒すことになり、ヴィオレッテは自分の腕でできるだけ身体を隠そうとした。エルネストはヴィオレッテのたおやかな身体に腕を絡めたまま、再び胸を揉みしだき、足の間に片手を滑り込ませてくる。

風呂から出るのではないかと肩越しにエルネストを慌てて見やれば、くちづけられてしまった。

「……んふ……っ」

「駄目です……あなたの美しい身体をこんなに間近で見てしまったら、抱かずにはいられません……」

エルネストがヴィオレッテをこちらに向かせ、ぴったりと抱き寄せてくる。逞しい裸の胸に乳房が押しつけられて潰れ、エルネストが身じろぐとなめし革のような皮膚に乳首が擦れて気持ちよくなってしまった。

エルネストの片膝がヴィオレッテの足の間に入り、ぐ……っと開かせてくる。バスタブの中に立ったままで足を開かされてバランスが崩れ、ヴィオレッテはエルネストに抱きついてしまった。

エルネストの大腿を跨《また》ぎ、足で挟み込んでしまう。蜜壺の入口にエルネストの太腿が押しつけられて、ゆっくりと擦り立てられた。

腰を引こうとすると臀部《でんぶ》を摑まれ、押さえ込まれてしまう。

「あなたの入口は……ああ、また濡れてくれています。私を受け入れてくれますね……？」

茂みや恥丘に、エルネストの猛りが触れる。湯船で密着していたときよりもそれは熱く滾《たぎ》り、腹につくほどにそそり立っていた。先走りがヴィオレッテの恥丘に滴り落ちてくる。

エルネストの求め度合いの強さを感じて、ヴィオレッテは軽く息を詰める。慄《おのの》きにも似た気持ちもあるが、それ以上に求められることが嬉しい。

「……で、では……ベッドに……」

「いいえ、今、ここで。待てません」

「……え……ああっ!!」

エルネストがヴィオレッテの片方の膝裏を腕に引っ掛けるようにして押し上げ、割り開かれた両足の中心に一気に入り込む。これまでの体位とはまったく違う角度で押し入ってくる男根に、ヴィオレッテは息を詰めてエルネストにしがみつく。

「あ……ああ……こんな、立ったまま、で……」

「私にしがみついていてください。……動きますよ」

エルネストのもう片方の手が臀部を摑み、腰を突き上げてきた。ずん、ずん、と下から突き上げてくる抽送に、ヴィオレッテは喘ぐ。

挿入の角度が違うためかいつもとは違うところを突かれて、それが気持ちいい。ヴィオレッテはエルネストの首に両腕を絡め、突き上げに耐える。

立ったままの行為のため、身体は何とも不安定だ。自然と支えの足に力が入り、それが蜜壺を締める。

「……は……っ、すごい締めつけだ……！」

突き上げをますます激しくして、エルネストが感じ入った熱い囁《ささや》きを零す。ヴィオレッテはついていけなくなりそうになり、仰け反った。

エルネストが白い喉笛に噛みつくようにくちづけ、痕《あと》をつけた。

「あ……あ、あっ、あぁぁ……っ!!」

「ヴィオレッテ……っ!!」

抜けそうになるギリギリまで引き抜いたあと、最奥を目指して深く打ち込まれる。子宮の入口を狙うそれに、ヴィオレッテは震えながら達してしまう。エルネストはヴィオレッテの身体を強く抱きしめながら、精を熱く迸《ほとばし》らせた。

奥に打ちつけられる欲望にも感じてしまい、震える。エルネストは強く腰を突き上げたまま、最後の一滴までヴィオレッテの中に注ぎ込んだ。

「は……はあ、あ……」

二人で荒い呼吸を繰り返しながらも、どちらからともなくくちづけ合う。気怠《けだる》さと充足感に支えていた足からもついに力が失われる。

崩れ落ちてしまうかと思われたが、エルネストが軽々とヴィオレッテの臀部と腰を摑んで支えた。

「もっと強くしがみついてください」

エルネストの首に絡めた腕に力をこめたのはもちろんのこと、落ちる不安から彼の腰にも足を絡めてしまう。まだエルネスト自身が中に入ったままで、強く密着する。

エルネストが褒《ほ》めるようにヴィオレッテの唇を軽く啄んだあと、そのままの格好で歩き出した。

「寝室に行きましょう。あなたはベッドの方が好きでしょう?」

からかうように言われて、ヴィオレッテは赤くなる。夫婦の艶事《つやごと》は寝室で行うものだと思っていたからだ。

少し反論しようとするが、それができない。エルネストの歩みに合わせてずんずんと奥が貫かれて、快感がやって来るのだ。腰を引いて少しでも快楽を散らそうとするが、落ちてしまいそうでできない。

エルネストがヴィオレッテの身じろぎに小さく笑った。

「駄目ですよ。逃がしません」

「あ……で、でも……っ」

進むたびに小刻みな振動がヴィオレッテの蜜壺に与えられ、反論は喘ぎに変わってしまう。

「あ……でも……っ、ああ……落ち、て……んあっ」

「落としません。あなたを離すことは決してありません」

これも獣人の先祖返りに通じる影響なのだろうか。エルネストはまったく危なげなくヴィオレッテと繋がったまま寝室に入っていく。

そのままベッドの上にエルネストは倒れ込み、正面から抱きしめてきた。

「冷えてないですか？」

湯で濡れたままだったことに今さらながらに気づく。エルネストの優しさにときめきながら、ヴィオレッテは首を振った。

「とても熱くて……」

「よかった」

ヴィオレッテの額にくちづけ、エルネストはそれぞれの膝裏に両腕を当て、押し上げる。エルネストがにこにこと——けれど決して逆らえないような雰囲気の笑みを浮かべて身を重ねてくる。

「では また、しましょう」

「……っ!!」

ヴィオレッテの蜜壺の中に、エルネストが侵入してくる。蕩けきったそこはうねりながら受け入れ、自ら奥まで導くようだ。

ベッドを軋《きし》ませながら、エルネストはヴィオレッテの中を味わう。見つけた弱点を狙って攻められれば、すぐに絶頂を迎えてしまう。

「……ああっ！　あああぁ!!」

エルネストの腕を強く摑んで達したが、ヴィオレッテの中に納まったままの肉茎《にくけい》は硬さをまったく失わない。びくびくと震えるヴィオレッテの背中に両手を回すと、優しく抱き起こしてきた。

いたわるように優しい仕草だが、ヴィオレッテは次の瞬間、大きく目を見開いてしまう。

「……ああ……っ、これは、深……っ」

胡座《あぐら》をかいたエルネストの上にヴィオレッテが脚を開いて座す体位だ。天を向くエルネストの男根がずっぷりとヴィオレッテの中に入り込む。しかも狙わずとも自重で最奥まで受け入れてしまい、ヴィオレッテは快楽の涙を散らした。

「ええ、そうです。深くて気持ちがいいでしょう？」

「あ……駄目っ、まだ動かない、で……っ」

達したばかりの蜜壺を、エルネストが突き上げてくる。乳房も長い髪も揺さぶり上げられる激しさだ。すぐにヴィオレッテは音《ね》を上げてしまい、エルネストの首にしがみつく。

「あっ、あんっ！　んあぁっ!!」

エルネストがヴィオレッテの臀部を摑み、割れ目をわざと押し開きながら穿つ。

「い、や……駄目っ、駄目ぇっ！」

「大丈夫ですよ、ヴィオレッテ……どうぞ思うまま感じて、乱れてください」

「んう……っ!!」

嚙みつくようなくちづけを与えながら、エルネストが突き上げてくる。貫かれて子宮を押し上げるかのような揺さぶりに、ヴィオレッテは何度も高みに連れていかれる。

「も、もう、壊れ、て……」

がくがくと震えながら言うヴィオレッテに、エルネストはくるおしげな掠《かす》れた声で応えた。

「それでもあなたを離せません」


喉がヒリヒリして、その渇いた痛みでヴィオレッテは瞳を開く。たったそれだけの仕草もひどく気怠く、ヴィオレッテは大きく息をついてしまった。だが自分を包み込んでくれるぬくもりはとても心地いい。いつものベッドのはずなのにと思った直後、ヴィオレッテはハッとした。

エルネストの胸に顔を伏せるようにして、片腕に抱きしめられながら眠っていたのだ。

これでは確かに心地いいはずだと、ヴィオレッテは赤くなりながらもとても幸せな気持ちになる。

エルネストはまだ眠っているようで、目を閉じて規則的な呼吸を繰り返している。彼もまた自分と同じ幸福感を抱いているのだろうと思わせてくれる寝顔だった。

見上げていると、堪らない愛おしさがこみ上げてくる。ヴィオレッテは思わずエルネストの頬に柔らかくくちづけた。

自分からこんなことをするなんて、はしたないと思われるだろうか。眠ってくれていてよかったと思いながら離れようとして、エルネストにきつく抱きしめられる。

「え……？　あ、んぅ……っ」

顎先《あごさき》を指先で捕らえられ、そのまま深くくちづけられる。舌を絡めるくちづけは、昨日の情事を思い出させた。

「ん……んん……っ」

たっぷりと心ゆくまで唇を味わったエルネストが、くちづけからヴィオレッテを解放してとても嬉しそうに笑った。

「あなたからキスを貰えました」

「お、起きていらっしゃったのですか！」

狸《たぬき》寝入りの悪戯《いたずら》に、ヴィオレッテは真っ赤になってしまう。エルネストはヴィオレッテを抱きしめながらさらに笑った。

「はい。あなたは寝顔も素敵ですから。特に私を受け入れたあとの寝顔がいいですね」

「……っ！」

羞恥がさらに倍増し、ヴィオレッテはエルネストを見返すことができなくなりその胸に顔を埋めてしまう。エルネストの方はさらに楽しそうに笑いながらヴィオレッテの髪や頬や唇、首筋にくちづけてきた。

「身体は……大丈夫ですか？」

気怠いが、これは心地よい疲れだ。動くことも億劫《おっくう》だったが、ヴィオレッテは微笑む。

「疲れてはいますが、大丈夫です。エルネストさまをたくさん感じられたから……幸せで心地いい疲れです」

「ヴィオレッテ……」

エルネストが感激した声で名を呼んでくる。そしてヴィオレッテを自分の身体の下に押し倒すと、胸の谷間にくちづけた。

「駄目です。またあなたが欲しくなってしまいました」

「あ……っ」

エルネストがヴィオレッテの足の間に入り込み、男根を割れ目に沿わせるように押しつけてくる。すでに硬くなり立ち上がっている肉棒の裏筋に花弁を擦りつけられて、ヴィオレッテは小さく喘いだ。

エルネストが少し腰を揺らしただけで、もうくちゅくちゅと淫らな水音が上がった。

「あなたの中に……入りたい。いいですか」

食い入るように熱く見つめられながら言われて、それだけでもぞくぞく感じてしまう。それは花弁をひくつかせ、言葉よりも雄弁にヴィオレッテの気持ちを表していた。

だがエルネストは中には入らず、ただ入口を擦るだけだ。亀頭がぬちゅぬちゅと花芽を弄《いじ》ってきても、入ってはこない。

なぜ、と視線で問いかけると、エルネストは苦笑した。

「私を欲しがるあなたが見たくて」

「……っ」

エルネストの意図に気づき、ヴィオレッテはさらに赤くなる。つまり自分からエルネストに入れてほしいと強請るのを待っているということか！

ヴィオレッテは羞恥で涙目になってしまいながらも、エルネストを見返して言う。声が震えてしまうのも、仕方がない。

「わ、私の中に……き、きて、ください……っ」

「ああ、ヴィオレッテ……っ」

直後にずぷりとエルネストの肉棒が押し込まれる。エルネストは膝立ちになり、ヴィオレッテの腰を持ち上げて、腰を振った。

愛蜜はもちろんのこと、エルネストが放った欲望の残滓《ざんし》も溶け合って潤滑剤となり、抽送を滑らかにする。

ヴィオレッテをよがらせながら腰を叩きつけるエルネストが、淫らに乱れる妻の様子をうっとりと見下ろしながら囁いた。

「ヴィオレッテ……愛しています……」

同じ愛の言葉を返したいのに、行為が激しくて上手く言えない。それでも想いを伝えたいという気持ちが、エルネストを包む肉襞を収縮させる。

エルネストがその動きに小さく笑い、抽送を激しくした。

「あなたも、私と同じ気持ちでいてくれていますね」

間違いなくエルネストに想いが通じていて、嬉しい。ヴィオレッテがもっと密着したくて両手を伸ばそうとすると、エルネストが胸を押しつけるように覆いかぶさってくる。どちらからともなく唇を貪り合いながら、同じ高みに向かう。これ以上はない一体感に、ヴィオレッテの心は満たされ続けた。

白いレースのカーテンが風を含んで揺れている。それを視界の端に映したヴィオレッテは、入り込む陽光の清々しさに目を細める。いつもならばエルネストは執務を、ヴィオレッテはレリアの授業を受けている。大体の者が一日の活動をしている時間だ。

それなのに自分は、エルネストと一緒にベッドの中だ。起きなくてはと思っても、エルネストに愛され続けている身体は気怠くて上手く動かない。

「ヴィオレッテ、果物でも食べませんか」

エルネストが身を起こし、サイドテーブルに置かれていた大皿から食べやすくカットされたフルーツをつまみ取る。瑞々《みずみず》しい果汁を見ると、自然と頷いていた。

エルネストは笑いながらヴィオレッテの身体を抱き起こしてやり、口元にフルーツを運んでくれる。睦《むつ》み合っていた姿のままなためどちらも裸で、ヴィオレッテは赤くなる。だがエルネストの方は気にした様子がまるでない。

甲斐甲斐しくヴィオレッテにフルーツを食べさせてくれ、それがとても楽しそうに見える。

「美味しいですか？」

「はい」

「では私にも一口ください」

言ってエルネストがヴィオレッテにくちづけてくる。ちょうど果実を口に入れたところだったが、エルネストの舌がヴィオレッテの舌の上で果実を押し潰し、口中いっぱいに広がった果汁を味わってきた。ただのくちづけよりもひどく官能的なそれに、ヴィオレッテは真っ赤になり、思わず果実を飲み込んでしまう。

エルネストが唇を離して苦笑した。

「ずるいですよ。自分一人だけ食べてしまって」

「こ、こんな食べ方をしなくても……！　は、恥ずかしくて死にそうです……」

「あなたが嫌ならやめます。でもやってみたかったんです。こういう……『いちゃいちゃ』したことを」

エルネストの口からずいぶんと俗物的な言葉が溢れて、ヴィオレッテは目を丸くしてしまう。エルネストが照れくさそうに笑った。

「レリアから教えてもらいました」

「まあ……」

大国の王ではなく普通の青年としての仕草に、ヴィオレッテの胸がときめく。彼の妻となってからもこんなふうに新たな面を知れることが嬉しい。

「公務の方は、大丈夫ですか。私ばかりがエルネストさまを独占してしまって……」

「明日は通常公務に戻ります。だからそれまではこうして一緒にいてください」

ヴィオレッテは満面の笑みで頷いた。


エルネストへの目通りをいつものように頼んだものの、その日は王城の兵を背後に従えたレリアによって、彼に会うことはできなかった。レリアの申し訳なさそうな笑みには妙に逆らい難《がた》いものがあり、メラニーは渋々退《ひ》かざるを得なかったのである。

だが何か変な胸騒ぎがし、メラニーは手なずけている王城の召使いを呼び出し、状況を確認して仰天《ぎょうてん》した。エルネストは本日公務を休み、ヴィオレッテとともに夫婦の部屋にこもっているらしい。そして召使いは言葉を濁したものの——二人はその部屋の中で、夫婦の睦み合いに浸《ひた》っているというのだ。

あの清廉《せいれん》なエルネストが、堕落《だらく》したかのように女にうつつを抜かすことが——その相手が自分でないことがとても許せず、メラニーは激しい憤《いきどお》りのままに自邸に帰宅し、まっすぐに父親の執務室に向かった。メラニーの目的地に気づいた召使いが慌てて止めようとするが、聞く耳を持たない。

「お父さま！　何とかしてくださいませ!!」

バタン、と、淑女にあるまじき不躾《ぶしつけ》さでメラニーは扉を開け、中に入る。執務室にはミストラル公爵と――意外なことにオーブリーがいた。

前国王の弟で、エルネストが国王として独り立ちするまで後見役になっていた者だ。穏やかで優しく、自ら進んで戦うことを望まない気質だが、いざ戦いとなれば前線で指揮を執れる人物だ。今は一線から退き、自邸でのんびり過ごしていると聞く。時折エルネストが国政のことで相談に伺うことがあるらしい。政治的場面から隠居した彼がなぜここにいるのだろう。

不思議に思ったものの、メラニーはすぐに気を取り直して完璧な貴族令嬢としての礼をする。

「大変失礼いたしました、オーブリーさま。いらっしゃいませ」

「ああ、メラニー嬢。こちらこそ、長居をしてしまっているんだ。私はもうこれで帰らせてもらうよ」

オーブリーは人好きのする穏やかな笑顔を浮かべながら、退室していく。ミストラルがずいぶんと親しげに見送った。

「では、オーブリーさま。そのときが来ましたらお声をかけさせていただきます。ぜひそのときはよろしくお願いいたします」

「ああ、わかっているよ。頑張ってくれ」

メラニーには二人の会話の意味がよくわからない。仕方なく黙って見送り、扉が閉じられるのを待つ。

オーブリーの足音が遠のくのを待ってから、メラニーは父親に詰め寄った。

「お父さま！」

「メラニー、来客中だったんだぞ。聞かなかったのか？」

「それよりも大変ですの！　陛下が妃殿下に誑《たぶら》かされていますのよ!!　あの方、ご自分の身体で陛下を……陛下を……！　その証拠に今日は二人で部屋に閉じこもって、ふしだらなことを……!!」

エルネストのために差し入れを作って持っていったところ、レリアに面会を止められたことをまくしたてるように話して聞かせる。

今もエルネストとヴィオレッテが睦み合っているのかと思うと、メラニーの怒りがますます強くなり、顔が赤くなる。ミストラルが小さく嘆息した。

「ああ、それは私も聞いている。今もそのことで、オーブリーさまに進言差し上げたところだ」

「まあ……さすがお父さまですわ！」

すでに対策を立てている父親に、メラニーは満面の笑みを浮かべる。だが、すぐにその顔がしかめられた。

「ですが足りませんわ……！　そもそも陛下の隣に立つべきなのはこのわたくし！　あのルヴェリエの女ではありませんのよ！　この婚儀は間違っているのですわ!!」

メラニーの演説するかのような強い言葉に、ミストラルは軽く肩を竦める。いつものことなので、大して感じ入ってはいないようだ。

「お父さま、わたくし……どうにかしてあの女をルヴェリエに送り返したいですわ……!!」

今にもハンカチを嚙みしめてしまいそうな娘の姿に、ミストラルは小さく笑った。

「まあ、お前の気持ちもわからなくはない。お前は王妃になることが目標だったからな」

「だってエルネストさまは素敵な方ですもの！　わたくしにふさわしい夫は、あの方以外にいません。わたくしは幼い頃、一目見たときからずっと好きでしたのよ!?」

「我が子ながら本当に馬鹿な娘だ」

父親の呟きは小さ過ぎて、メラニーの耳にまでは届かない。ミストラルは執務机の引き出しを開けると、そこから小さな小瓶を取り出した。

渡されたそれを、メラニーは見つめる。透明な硝子《ガラス》の小瓶の中には、サラサラとした白い粉が入っていた。塩のような小麦粉のような感じだ。蓋《ふた》を開けて香りを嗅《か》いでみるが、無臭だった。

「吸い込まないように気をつけなさい。死ぬぞ」

「え……!?」

突然の物騒な言葉に、メラニーは慌てて小瓶の蓋を閉める。ではこれは、毒物なのか。これを自分に渡すのは、どういう意味なのだろうか。

恐ろしい考えがよぎり、メラニーは知らずに青ざめる。ミストラルは娘の表情の変化に酷《こく》薄《はく》な笑みを浮かべた。

「陛下は妃殿下にご執心《しゅうしん》だ。その心をお前に向けさせるには、妃殿下がこの世からいなくならなければ無理だろう。お前の夢のためにも、それを妃殿下に盛れ」

確かにヴィオレッテを追い返したいとは思っているが、殺すことまでは考えていない。メラニーは青ざめながら言い返す。

「……お父さま……!? そ、そんなことをしたら、ルヴェリエが抗議を……!!」

「だったら何だ？ ルヴェリエごときの小国、トラントゥールの敵でもない。攻め入ったら瞬く間に制圧できるだろう。そうすれば堂々と属国とすることができる。メラニー、お前の働き如何《いかん》では、トラントゥールの領土を広げ、その名声と力を周辺諸国に改めて誇示《こじ》することができ、陛下の御心もお前が手に入れることができるんだぞ」

「……」

父親の話す未来は、まさしくメラニーが望むことだ。だがそれは、ヴィオレッテを殺害することでもある。それを、自分がするのか……？

小瓶を握る指が、震え始めた。人の命を奪うことなど、教えてもらったことがない。それに、そこまでしなくともいいのではないか。

「お、お父さま……そこまでしなくても、他に方法が……」

「やりなさい」

メラニーの前に立ったミストラルが、押しかぶせるように言ってくる。父親としてではなくこの大国の高位貴族としての威圧感がメラニーを押し潰してくるようだ。メラニーのどんな我が儘《わがまま》も苦笑しながら聞き入れてくれる優しい父親の姿は、そこにはない。

「私は私の言うことを聞かない王妃はいらない。お前は私の言うことを聞く可愛い娘だ。私のお願いを、ちゃんと聞いてくれるだろう？」

メラニーの頭に手を伸ばし、ミストラルが優しく撫でる。メラニーは小瓶を強く握りしめ、唇を引き結んだ。

父親の優しい声が恐ろしいものに変わったとき、メラニーに待っているのは折檻《せっかん》だ。幼い頃より、父親の機嫌を損ねてしまうときの代償はメラニーの心を震わせる。めったにないことだからこそ、刻み込まれた記憶は決して忘れられない。

「わかるね、メラニー？　お前の手にかかっている。ここがお前の見せ場だ。やりなさい」

「……は、い……」

メラニーはもう頷くことしかできなかった。

【6】

自分の公務の中に、ボランティア活動を加えてもらえるように頼んでみたら、エルネストは少し驚きながらも快く予定を組んでくれた。レリアとも相談してヴィオレッテが行ったのは、病院や教会などの慰問と学校訪問だった。

トラントゥールにはいくつかの学校があるが、そのほとんどが騎士としての育成に力を注いでいる。ヴィオレッテはそうした学校に足を運び、情緒的な面を育てるため読み聞かせや楽器演奏などを行うことにした。ルヴェリエで生活してきたヴィオレッテにとって、それらはむしろ得意分野だった。

剣技にばかり突出している子供たちが多い中、誰もまったく興味を持たないわけでもない。ヴィオレッテの優しく温かい空気は子供たちにもすぐに好かれ、人気者になるのもあっという間だった。

今日は幼い子供たちのところで童話の読み聞かせをした。さらに加えて、ヴィオレッテは焼き菓子を差し入れてみたところ、ずいぶんと喜んでもらえた。誰かのために何かをしてそれを喜んでもらえることはとてもいいことだと、改めて感じた。

「妃殿下、今日はどうもありがとうございました。子供たちもすごく喜んでましたわ」

教師たちも嬉しげで、ヴィオレッテはますます嬉しくなる。

「あの……次も来てもいいかしら？」

「ぜひ、遊びに来てくださいませ」

教師たちがヴィオレッテの問いかけにさらに嬉しそうに笑って言う。その背後で、馬の蹄《ひづめ》の音が聞こえて振り返ると、馬に乗ったエルネストがいた。

教師たちが驚いて、慌《あわ》てて礼を取る。ヴィオレッテも驚きながら、エルネストの傍《そば》に走り寄った。

「エル……陛下!?　どうしてここに……」

「息抜きに出てきた。そろそろ妃の公務も終わるかと思ったから寄ってみたんだ」

「まあ……ありがとうございます。では一緒に王城に戻りましょう」

そう言ったものの、自分は馬車でここまで来た。エルネストの馬はレリアに頼もうかと思った直後、彼が馬上から手を伸ばしてくる。

「ヴィオレッテ」

「……え……？」

戸惑《とまど》っている間にエルネストが身体を傾け、ヴィオレッテの身体に片腕を絡めて引き上げてくれる。

あっという間にエルネストの前に横座りに乗せられる。ぴったりと密着するように後ろから回った腕が手綱《たづな》を操り、ゆっくりと走り出す。

「レリア、先に行くぞ！」

「はい、かしこまりました」

レリアが頷き、教師たちがほうっと嘆息しながら見送る。どこからどう見ても仲睦《なかむつ》まじい夫婦の姿だった。

「エルネストさま、お仕事お疲れさまです」

「いいえ、本当に息抜きでしたから。私はあなたの顔を見るのが一番の癒しなんです」

「……」

顔を覗《のぞ》き込むフリをして、エルネストはヴィオレッテのこめかみにくちづけをしてくる。ヴィオレッテは真っ赤になりながらも、嬉しくなって笑ってしまった。

「……エルネストさま……！」

「すみません。触れられる機会があるならば逃したくないんです」

正直過ぎるエルネストの言葉に、ヴィオレッテはますます赤くなる。けれど、嬉しいから反論もできない。

ヴィオレッテを乗せているためか、速度はゆったりとしたものだ。街の中を通っているため、民たちがこちらを見ている。二人の姿を見て囁き合っているのがわかるが、その表情は皆微笑ましいもので、好意的に受けとられているのだということはよくわかった。

（……とりあえず、悪い噂《うわさ》は立たないみたいだからいいのかしら……？）

「ヴィオレッテ」

「はい」

背後から優しい声のままでエルネストが呼びかける。返事をするとヴィオレッテの耳元に唇を寄せて、エルネストは言った。

「メラニーに気をつけてください」

「……え……？」

今までも、メラニーのきつい風当たりはあった。だがそれも、王妃という立場では仕方のないことだとヴィオレッテなりに受け流してきていて、それをエルネストは頼もしく思ってくれていた。それが急にどうしてこんなふうにはっきりとした警告を与えてくるのだろう。

何か不穏《ふおん》なものを覚え、ヴィオレッテはエルネストを振り返る。

「エルネストさま、それは彼女が何かを……あ……」

ちょうど振り返ったときに唇が触れ合ってしまい、ヴィオレッテは慌てて正面に向き直る。エルネストも少し照れくさげに笑って、ヴィオレッテの頭頂に軽くくちづけた。

「不穏な動きがあるかもしれないと、ある筋から聞いています。レリアやユーグにも伝えてありますが、証拠がない以上公《おおやけ》にはできません。彼女の持つ地位を考えると、迂闊《うかつ》な動きは……」

「わかりました。気をつけます」

エルネストの苦労もわかるため、ヴィオレッテは微笑んで頷《うなず》いた。もし何かあったとしても、エルネストにばかり負担をかけるわけにはいかない。

「私も王妃です。大丈夫です」

「……ええ、そうです。ですがどうか気をつけてください」

「はい、わかりました」

エルネストをこれ以上心配させないように、ヴィオレッテは安心させるように笑った。


今日も学校への訪問を終えたヴィオレッテは、帰城の挨拶《あいさつ》をしようとエルネストの執務室へと向かった。まだ十歳くらいまでの子供たちが通う幼年学校で過ごしたひと時は、ヴィオレッテにとってもとても楽しい時間だった。ヴィオレッテが持ってきた画材を使い、思うままに絵を描きながら他愛もない話をする。この中に未来の有名画家がいるかもしれないと思うと彼らの絵のすべてがとても面白く、同時に勉強にもなった。

また時間を作って子供たちのところに顔を出したい。特にこの国は、自制心や規律を守らせようとする教育は多くとも、情緒に関しての教育は薄いように思えた。だからヴィオレッテは、子供たちの情緒を揺さぶる教材に触れてもらえるきっかけを与えようと考えたのだ。

以前エルネストが、ヴィオレッテにできることをすればいいと言ってくれた。ルヴェリエから嫁いできた自分だからこそできることがこれではないかとヴィオレッテは考え、実行している。

エルネストはそのことに関して何も言わず、温かく見守ってくれている。正しいかどうかは別として、エルネストが求めているのはこういうことなのだろう。それだけヴィオレッテの心に、嫁《とつ》いできたばかりの頃にはなかった余裕が出てきたということなのか。

エルネストに愛されている自信が、ヴィオレッテの心を支えている。同時に、自分がエルネストを愛している気持ちも。

扉をノックすると、入室を許可する声の前にそれがそっと開いた。少し驚くヴィオレッテに、開いた隙間《すきま》から顔を見せたのはユーグだった。

「おかえりなさいませ、ヴィオレッテさま。どうぞ」

「でも、エルネストさまは執務の最中では……」

こんなふうにユーグが出てくるのだから忙しいのだろう。ただの帰城の報告だから言伝《ことづて》でいいと続けようとするが、ユーグが身を引いてヴィオレッテを室内に招き入れる。

「大丈夫です。間もなく終わります」

「――駄目だ。出直してこい」

怒声にまでは至らないものの、低く厳しいエルネストの声が聞こえた。初めて聞く声音に、ヴィオレッテは驚いてしまう。

窓際の重厚な執務机の前には、二人の男がいた。エルネストよりも年上の彼らは財政部の重鎮《じゅうちん》である。エルネストの倍以上は生きている彼らは、しかし神妙な表情で押し黙っていた。

「いいか。国庫の源は民の税だ。それを無駄に使うことは絶対にいけない。彼らの力なくしては国は潤《うるお》わない。それをよく考えて、もう一度予算組みをしてこい」

「か、かしこまりました……!!」

震《ふる》え上がるように返事をして、二人はエルネストに頭を下げて退室していく。途中でヴィオレッテに気づき、礼をしてくれた。少々バツが悪そうな表情に見えたが、ヴィオレッテは気づかないフリをした。

エルネストもヴィオレッテに気づき、何とも言い表し難い複雑な表情になる。エルネストはユーグをじろりと睨《にら》みつけた。

「ユーグ……ヴィオレッテが来たのならば教えろ」

「お話の最中でしたので、申し訳ありません」

謝罪しながらもユーグに悪びれた様子はない。ヴィオレッテはエルネストの前に歩み寄り、その顔を心配げに見つめた。先ほどの会話を聞いてしまったことで、何か気に障《さわ》ったのだろうか。

「申し訳ありません、エルネストさま。ただ帰城の知らせに来ただけですので……でも、どうかされましたか？」

エルネストはヴィオレッテの促《うなが》しに少し迷ったあと、観念したように言った。

「先ほどの私の態度を見て……怖い人だとは思いませんでしたか……？」

ヴィオレッテはまじまじとエルネストを見返してしまう。何をエルネストが不安に思ってしまうのか、わからない。

「なぜですか。エルネストさまは王として的確な指示を与えていました。あのようなお姿を見れたこと、むしろとても誇《ほこ》らしいです。……わ、私の夫である方は、民のことを深く思いやってくださる、素晴らしい方だと……」

言葉の最後は気恥ずかしさがやって来てしまい、ヴィオレッテの頬が少し赤くなってしまう。エルネストは心から安堵《あんど》の息をつくと、ヴィオレッテの傍に歩み寄って柔らかく抱きしめてきた。

「よかった」

「エルネストさまは少し心配し過ぎです。もっとありのままのエルネストさまを私に見せてくださっていいんです。私がエルネストさまを嫌いになることなんて、ありませんから」

「……嬉しいことを言ってくださいますね。そんなことを言われたら……あなたに、くちづけたくなる……」

「……ん……っ」

エルネストが頬を寄せ、ヴィオレッテの唇に優しく自分のそれを押しつける。ちゅっ、ちゅっ、と軽く音を立てて戯《たわむ》れるように唇を啄《ついば》まれ、ヴィオレッテはその甘さに満たされた笑みを浮かべた。

だが直後にエルネストの舌が唇を押し割り、舌根を吸い上げるほどの激しく濃厚なくちづけに変えてくる。ヴィオレッテは震えながらも息継ぎの合間に言った。

「……あ……いけま、せ……ユーグが、控えて……」

「あいつになら別に見られても構わないでしょう？　ユーグは私の側近で、いつも傍にいる存在です」

「……んぁ……あ……でも、恥ずかし……い、です……」

ヴィオレッテの小さな抗議に、エルネストは少々不満げにしながらもくちづけを終わらせてくれる。危うくもう少しでエルネストの足元に崩れ落ちてしまいそうなほどに、官能的で極上の甘いくちづけだった。

「わかりました。これで我慢します」

「……あ、りがとうございます……」

「我慢しますから、一緒にお茶をしてください。彼らを帰したら休憩にしようと思っていたんです」

ユーグがその言葉を聞いて、さりげなく退室していく。茶の用意をしに行ってくれているのだろう。ヴィオレッテは満面の笑みを浮かべて頷いた。


子供たちへの絵画教室を終えたヴィオレッテは、提出された絵を大切に持ち帰った。子供たちと過ごせる時間はヴィオレッテにとってはとても少なく、できあがった作品それぞれへの評価がほとんどできなかった。だから持ち帰り、絵の感想の手紙をつけて返却しようと考えたのだ。子供たちはヴィオレッテに絵を見せたがり、その反応が知りたいように見えたからだ。

小さな画伯たちの可能性は、ヴィオレッテの心を喜ばせ、驚かせ、楽しませる。それぞれの作品に便箋《びんせん》一枚程度の評価をつけることは結構な手間ではあったが、ヴィオレッテには何の苦にもならなかった。自分からの手紙を読んで子供たちが喜ぶ顔を想像すると、ヴィオレッテの心も幸せになる。

(私も、早くあんなふうに元気で無邪気な子供が欲しいわ)

夫を持つ妻として当たり前の夢想をしてしまったあと、ヴィオレッテは真っ赤になる。相手はもちろんエルネストになるが、彼との子供のことを考えるのは少し気が早いだろうか。

(エルネストさまとの子供……)

求められるのは世継ぎだから、男児が期待されるだろう。だがヴィオレッテは女児でもどちらでもいい。エルネストによく似ていて、民のことを考えられる優しい子ならば――想像できるのはエルネストを幼くした姿で、ヴィオレッテは少し顔を赤くしながらも楽しげに笑ってしまった。

エルネストが執務を追えて戻ってくるまでには、まだ時間がある。それまではと羽ペンを動かし、ヴィオレッテは次の一枚にかかった。

「まあ……!」

思わず微笑ましい気持ちが声になって溢れてしまったのは、ずいぶんと可愛らしい絵だったからだ。

学校で飼育されている兎《うさぎ》を描いた絵だ。小さくて丸く可愛らしい兎の絵は、決して上手なものではない。だが描いた者の心がのびのびとしていることがよくわかる。しかも面白いことに、この兎はピンク色に塗られていた。飼育されていた兎は白か茶色だったし、そもそもこんな色をした兎は存在しない。『可愛い』ということを強く表現したくなったがゆえに、このような色使いになったのだろう。

そしてそれは成功している。ヴィオレッテは微笑しながら絵を眺めた。まるで絵本にでも現れるかのような可愛らしさがある。

ヴィオレッテ背後で、軽いノックの音が上がった。

「ヴィオレッテ、いますか？」

予定として伝えられていた時間よりも少し早い。だがその分エルネストと過ごす時間が増えることが嬉しく、ヴィオレッテはすぐに席を立って扉を開けた。

執務服のエルネストが、笑顔で立っている。ヴィオレッテが労《ねぎら》いの言葉をかけるより早くエルネストの片腕が腰に絡んで引き寄せ、唇に軽くくちづけてきた。

軽く啄むようなくちづけでも、とても甘くて心地よい。深く激しくない分、エルネストは多すぎるのではないかと思うほどにくちづけてきた。

「……エ、エルネストさま……っ、あ、あの……このくらい、で……」

「ただ触れるだけのくちづけなのに？」

エルネストが不満げに返す。ヴィオレッテは淡い涙目になりながら、続けた。

「……エ、エルネストさまには大したことがないものでも……わ、私は駄目です……すぐに溶けてしまいそうになってしまいます……」

エルネストがピキッと動きを止めて、ヴィオレッテをまじまじと見つめてくる。何だか妙な気迫が込められた金色の瞳に反射的に怯《ひる》みそうになると、エルネストがヴィオレッテの肩口にぽたりと頭を傾けてきた。

「これは私の理性が試されているのですね……いいでしょう。耐えましょう。ただし、今夜はたっぷりあなたを愛しますよ」

最後は耳元で熱く甘く囁かれて、ヴィオレッテは身震いしてしまう。

「よろしければもう夕食にしましょうか。区切りはつきましたか？」

エルネストがヴィオレッテの肩越しに机の様子を見て問いかける。ヴィオレッテが頷くと、エルネストは興味深げに続けた。

「絵を描かれていたのですか？」

「あ……いいえ、あれは子供たちの絵なんです。可愛い絵や素敵な絵がたくさんで、見ていてまったく飽きないんです」

エルネストももしかしたら見たいのかもしれないと手を引く。机上に置かれた絵とそれにつけられた便箋を見て、エルネストが微笑んだ。

「それぞれにメッセージをつけているのですか？」

「はい。この絵も私が思いもよらなかった色使いをしてくれて……私自身もとても勉強になります」

「ピンクの兎……ですか？」

「可愛いですよね。この子は『可愛い』って気持ちをとても強く出したかったみたいなんです」

「わかります。確かに可愛らしいです。あなたに似ていますね」

思いもよらなかった感想を口にされて、ヴィオレッテは目を丸くしてしまう。エルネストは書かれた兎に愛撫するように指で撫でながら続けた。

「小さくでふわふわしていて、とても可愛らしい。ピンク色も、あなたにとてもよく似合っていますから。ああ、瞳もいいですね。あなたと同じ緑色だ。つぶらな瞳が食べてしまいそうなほどに可愛らしいです」

まるで自分に愛を囁くように、エルネストが言う。とても気恥ずかしくなり、ヴィオレッテは話題を逸らそうと慌てて言った。

「ほ、褒めていただいてありがとうございます……っ！　で、ではエルネストさま……お、狼、でしょうか」

エルネストが動物になるとしたら狼が一番ぴったりしているような気がする。髪と同じ根元が黒い金色の毛並みで、金色の瞳で群れを率い、仲間思いで凛とした佇まいの狼だ。そんな狼はいないかもしれないが、想像するとヴィオレッテは神々《こうごう》しさにうっとりしてしまう。

「それは……とても嬉しいですね。ですが、たぶん違うと思います……」

「なぜですか？　凜々《りり》しい狼はエルネストさまにぴったりだと思うのですが……」

「……そうですね、たぶん犬……だと思います。大型犬……とか」

「まあ……！　それはエルネストさまがご自分をよくわかっていらっしゃらないからだと思いますわ！」

ヴィオレッテはそのたとえに非常に不満げに言い返す。エルネストは微苦笑したあと、ヴィオレッテの肩を抱いて食堂に促した。

何だかエルネストが自分の価値を軽んじているように思えて不満になり、ヴィオレッテは夕食の席で明日の予定の確認に来てくれた双子に、同じ問いかけをしてみた。双子はぴったりと声を合わせて答えてくれる。

「それはもちろん、大型犬です。ヴィオレッテさまという兎を懐に抱えて満足している大型犬ですね」

エルネストがひどく難しい表情で黙り込む。悪いと思いつつもエルネストのその表情は年頃の青年そのもので、ヴィオレッテは思わず微笑んでしまったのだった。


その日、公務を終えたエルネストは私室に戻るなりヴィオレッテを呼んだ。

夫婦の居間で刺繍《ししゅう》をしていたヴィオレッテは、慌ててエルネストのもとに向かう。くつろぎの室内着に着替えることもせず、エルネストはサイドボードの上に置いてあった小さな包みの前で、ヴィオレッテを手招いてきた。その横顔はどこか嬉し気だ。

「どうかされましたか、エルネストさま」

「頼んでいたものがようやく届いたようです。どうぞ」

綺麗《きれい》にラッピングされているそれを、エルネストが差し出してくる。瞳は期待感に満ちていて、この場で開封することを促されていた。

エルネストからの贈り物だと思うと、ヴィオレッテも嬉しくなる。中身は何だろうと頭の中であれこれ想像しながら丁寧に包装を剥《は》がし、小箱の蓋《ふた》を開けて——ヴィオレッテは歓喜のため息をついた。

「……まあ……!!」

小箱の中には十二色のパステルが並んで入っている。だがそれは普通の色合いではなく、すべて淡色で揃えられたものだ。淡色の紫や桃、若草などの色合いが揃えられている。実に創作意欲を駆り立ててくれる優しい色たちは、しかしながらヴィオレッテがまだ見たことのないものだった。

「エルネストさま、これは……!?」

「あなたがいつも使われている画材を作る工房に、特別発注をしていたんです。淡い色のものがもっと欲しいと、以前、あなたがルヴェリエでお話しされていたことがあったので……

この色合いを出すのに苦労していたらしくて、なかなかお届けできなかったのですが」

ではこれは、ヴィオレッテが嫁ぐ前から考えていてくれた贈り物なのか。エルネストからの想いの深さが伝わってきて、嬉しくて泣きそうになってしまう。

ヴィオレッテは満面の笑みを浮かべた。

「……とても……とても嬉しいです、エルネストさま！　ありがとうございます!!」

「喜んでいただけてよかった。あなたのその笑顔が何よりの褒美《ほうび》です」

エルネストが身を屈《かが》め、ヴィオレッテの唇にくちづけてこようとする。感謝の気持ちを少しでも伝えたくて、ヴィオレッテは自分から踵《かかと》を上げてエルネストにくちづけた。

「……っ」

エルネストが少し驚いたように目を見張り、ヴィオレッテをまじまじと見返してきた。急にそんなふうに見つめられて、何だかとても恥ずかしくなる。

「は、はしたない真似をしてしまって……すみません……」

「こういうことならば、大歓迎です。それほどに喜んでいただけたのですね」

「はい、とても……!!」

この気持ちをどう表せばいいのかわからなくて、もどかしいほどだ。ヴィオレッテは箱の蓋を閉めると、大切にそれを胸の中に抱え込む。

「では今度、そちらを使って描いた絵を見せてください」

「もちろんです。……あ……」

ヴィオレッテはふと視界の端に映ったものに気づいて、小さく息を呑《の》む。パステルの小箱が置かれていたサイドボードの上には、宝石箱のようなものも置かれていた。

シンプルな装飾ながらも質の良いもので作られているそれは蓋が空いていて、中にハンカチが一枚、洒落《しゃれ》た形に折りたたまれて置かれている。刺繍《ししゅう》面をこちらに向けている置き方は、インテリアとして飾っているからだろう。

（このハンカチ……）

刺繍に見覚えがあり過ぎるそれは、まだエルネストとフレデリクが同一人物だと知らなかった頃、犬のアルベールが歓迎の意を表してエルネストを舐め回したときに貸してやり――そのままあげてしまったものだ。

（こんなふうに、大切にしてくださっていたの……？）

「ヴィオレッテ、何を見て……」

エルネストがヴィオレッテの様子に訝《いぶか》しげに呼びかけながら視線の先を追い、宝石箱を慌てて閉めた。もちろんハンカチは少しも傷《いた》めないように丁寧に折りたたんで納めてからだ。

「エルネストさま、そのハンカチはあのとき私が差し上げた……」

「……いえ、忘れてください。気のせいです。あなたの見間違いです」

ひどくバツが悪そうな表情で、エルネストの顔は赤くなっている。自分のしていたことが気恥ずかしくなっているのだろう。自分と同じように照れたりする部分が見られて、ヴィオレッテは嬉しく、エルネストを改めて愛《いと》おしく思う。

ヴィオレッテはエルネストの右手を取る。

「エルネストさま、私の部屋に来ていただけませんか？」

「……え……ヴィオレッテ……？」

まだ気恥ずかしさから立ち直れていないエルネストの手を引いて、ヴィオレッテは夫を自室に招いた。

大切なものを入れているチェストの一番上の引き出しを開けて、エルネストを手招く。エルネストはおとなしく従ってチェストの中を見る。

「ここには、私の大切なものを入れているんです」

ルヴェリエで過ごしたときの思い出の品々に、エルネストも思い当たるものがいくつかあったのだろう。淡く微笑む表情は、とても穏《おだ》やかで優しい。

「このパステルも、ここに入れさせてください。それと……一番大切なものはこれなんです」

引き出しの奥に真っ白なハンカチで包んでいた小さなものを、ヴィオレッテは取り出して掌に乗せた。エルネストの視線の先でハンカチを開いていくと、エルネストの瞳が驚きに大きく見開かれていった。

「……ヴィオレッテ、これは……」

「はい、私の一番大切なものです」

本当はそう答えることも気恥ずかしい。だがエルネストへの想いを伝えたいから、ヴィオレッテは耐える。

ハンカチの上には、ドレスの胸元にも入りそうなほどの小さな肖像画が乗っている。そこに描かれているのは黒髪のエルネストだ。ルヴェリエを訪《おとず》れていたエルネストがまだフレデリクと名乗っていた頃、恋慕《れんぼ》の気持ちが募《つの》って誰にも知られないようにこっそり描いていたものだったのだ。

「……黒髪の、私ですね……」

エルネストが指を伸ばし、小さな肖像画の自分の髪を撫《な》でる。指はそのままヴィオレッテの掌に移動し、優しくそこを撫でてきた。甘い疼《うず》きを腰の辺りに覚えてしまいそうな仕草に、ヴィオレッテは身を震わせてしまう。

「そうですか……嬉しいですね」

エルネストが染み渡るような声で言う。それがエルネストの自分に向ける想いを教えてくれているようで、ヴィオレッテの心も甘く震えた。

「ヴィオレッテ、好きです」

エルネストがふいに言ってくる。さらに甘く震える心のままに、ヴィオレッテもエルネストを見返して言った。

「私も、エルネストさまが好きです」

「はい。ありがとうございます」

エルネストが触れていた手でヴィオレッテの手を肖像画ごと握りしめてくる。思った以上に強い力に驚いたヴィオレッテの唇に、エルネストが柔らかくくちづけてきた。

目を閉じてヴィオレッテはそのくちづけを受け止める。すぐに食《は》むように動いたエルネストの唇に、ヴィオレッテも求める気持ちを隠さない。エルネストがくちづけながらも肖像画をチェストに戻し、ヴィオレッテを横抱きにした。

どこに向かうのか、ヴィオレッテはわざわざ問いかけない。エルネストは一度唇を離すと、蕩《とろ》けそうなほど甘い声で言った。

「そんなに可愛《かわい》らしいことを言われたら、あなたが欲しくて堪《たま》らなくなります。……抱かせてください」

これからすぐにやって来る愛撫《あいぶ》の数々を想像すると、ヴィオレッテの身体は熱くなり、頬が赤くなる。恥ずかしかったが、ヴィオレッテはエルネストの身体に強く抱きつきながらはっきりと頷いた。


次の学校訪問の予定をレリアと確認していたヴィオレッテは、その最中にいいことを思いついて厨房に向かった。差し入れた菓子を子供たちが喜んでくれたため、今度は自分で作ったものを持っていこうかと思ったのだ。

だが、菓子を作ったことはあまりない。王女という立場上、あまり厨房に入ることはなかったのだ。レリアもその辺りは得意分野ではないらしく、料理長に教えてもらうことにする。

手配はレリアがしてくれているため、厨房に向かえばいいだけだ。その途中で、メラニーと出会った。

いつものように高飛車《たかびしゃ》な笑みを浮かべながらも、どこかその表情が引きつっているように見えるのは気のせいだろうか。

「御機嫌よう、妃殿下」

「こんにちは、メラニー。今日はどうしたのかしら？」

「いつものご機嫌伺いですわ。このわたくしのところに普通は通うべきだと思いますけれども！」

(気のせい……かしら)

いつも通りのメラニーの言葉に、ヴィオレッテは笑う。

「では今度、そちらに遊びに行ってもいいかしら？」

「お断りいたしますわ。あなた一人ではなく陛下もご一緒でなければ嫌です」

「では、陛下もご一緒に。お話をしてみますわ」

ヴィオレッテの返しに、メラニーがむうっと黙り込む。だがすぐに気を取り直して続けた。

「何をしに行かれますの？」

「今度の学校訪問で差し入れのお菓子を作ろうと思って」

「あら、でしたらお手伝いいたしましょうか。わたくし、お菓子作りは得意ですのよ」

(メラニー嬢に教えてもらって……いいかもしれないわ)

完全に仲良くなれるとは思わないが、ここで少しでも関係が良好になれれば良い方向に向かうだろう。エルネストの精神的な負担を減らすのも、ヴィオレッテの王妃としての務めの一つだ。

「クッキーを作るの。教えてもらえるかしら？」

「容易《たやす》いことですわ」

「私たちのお茶菓子用にも作れるかしら？」

「……ええ、できますわ。材料を分量わけすればばいいだけですから」

ヴィオレッテは微笑み、メラニーとともに厨房に向かった。

レリアの手配で材料はもう揃っていて、料理長も調理器具を用意して待っていた。メラニーが一緒にいたことに驚いたものの、ヴィオレッテが笑顔のために何も言わない。

「料理長、妃殿下には私が教えて差し上げますわ。あなたは無用です」

もう少し言い方というものがあるような気がするのだが、これがメラニーなのだろう。ヴィオレッテは淡く苦笑して、料理長に謝罪の意を示す。料理長は何も言わずに、厨房を去っていった。

ヴィオレッテはメラニーに向き直り、頭を下げる。

「よろしくお願いします」

「……え、ええ、任せなさい！」

他愛もない世間話と作り方の手順をぎこちなく話しながら、クッキーを作っていく。今日の茶菓子用と明日の子供たちに渡す用に分量をわけ、かなりぎこちないながらもクッキーを作っていく。

（陛下は美味しいって……言ってくださるかしら……）

エルネストのことだから、たとえ不味《まず》かったとしても美味しいと言ってくれるだろう。だが自分への思いやりではなく本心から美味しいと言ってほしい。そう考えると、ヴィオレッテの作業にも熱が入る。

「ちゃんと粉をふるわなくては駄目よ！」

「わ、わかりました」

メラニーはヴィオレッテの傍に立ち、何かにつけてケチをつけてくる。だがその言葉にもあまり勢いがなかった。……何がどう、ということは上手く言えない。ただ感覚でわかるのだ。常にメラニーから攻撃をされていたからかもしれない。今日のメラニーは、こちらへの攻撃力が低下しているのだ。

「メラニー嬢、何かあったのかしら？」

びくっ、とメラニーの肩が震える。だがすぐに顎《あご》を反らして言う。

「何を心配しているのかわかりませんわ。わたくしはいつも通りですわ！」

「それならいいのですけど……」

ヴィオレッテはクッキー生地を練りながらとりあえず頷く。作業をしながらもちらりとメラニーの様子を確認するが、その横顔は青ざめている。

（……やっぱり何かあるわ……）

エルネストもメラニーに気をつけろと先日、こちらに警告してきたばかりだ。

「……妃殿下、あちらも同じようにしてください」

「ええ、わかりました」

今度は子供たち用の方に同じ作業をする。ヴィオレッテが背を向けると、様子を確認するためか、メラニーは先ほど練っていた生地を見下ろしていた。単にヴィオレッテのやり方が間違っていないのかを確認しているかと思われた後ろ姿は、しかしすぐにドレスのポケットから小さな小瓶を取り出して、中身を振りかけた。

（今の……何……!?）

メラニーがこちらを窺うように振り返ってきたので、慌てて再び作業に向かう。幸いメラニーを見ていたとは気づかれなかったらしく、そのままヴィオレッテの手元を覗き込んできた。

「……手が休まってますけれど？」

「……ご、ごめんなさい！」

慌てて謝り、メラニーの言う通りに作っていく。その後、メラニーはどこか不安そうな怯《おび》えるような表情を見せたものの、きちんと最後まで作り方を教えてくれた。

子供たちへの差し入れの方は、動物や花などの色々な形にした。自分たちの方は単調な四角にして、子供たちのとは違うとはっきりわかるようにする。

……あの粉が振りかけられたのは、大人たち用の方だ。もしもヴィオレッテの思うことが起こっていたとしたら。

（メラニー嬢。そんなに私が憎いのかしら……）

オーブンで時間通りに焼くと、美味しそうなクッキーの匂いが鼻腔《びこう》を刺激してくる。ヴィオレッテは鉄板を取り出すと、メラニーと一緒に歓声を上げた。

「美味しそうにできました……!!」

「当たり前ですわ。このわたくしが教えたのですよ？」

メラニーが胸を反らして誇らしげに言う。ヴィオレッテはいつもの彼女らしさに思わず笑い、粗熱《あらねつ》を取るために網《あみ》にクッキーを移動した。メラニーも手伝ってくれる。

「子供たちの方は、可愛くラッピングしますわ。私たち用の方は味見をしてみましょう」

「……味見……」

メラニーが小さく息を呑んで、沈黙する。軽く俯き加減になったメラニーの表情は、再び青ざめていた。……何かに怯えているように。

（ああ、やはりそうなのね……）

まだ揺れていた予想が、ヴィオレッテの中で確信に変わる。ヴィオレッテは両手で一度強く胸を押さえると、思いきってクッキーの一枚を手に取った。

（私がここで味見をしないと、陛下のところまでこのお菓子が行ってしまうわ）

そのときも、もしかしたらメラニーは口を噤《つぐ》んでしまうかもしれない。そのときになってからでは遅いのだ。

「メラニー嬢、何か怖くて不安なことがあるならば話してちょうだい」

「……そんなことは、あり得ないわ」

ヴィオレッテの問いかけを、メラニーがかすかに震える声で弾く。

ヴィオレッテはメラニーをまっすぐ見つめたまま、クッキーを唇に運ぶ。その動きを、メラニーは睨みつけるように見つめたまま、小さく震えていた。

「話せないならばそれでいいわ。でも……エルネストさまにまで何かするつもりならば、私は絶対に許しません。私も、あなたとは違うかたちであの人を守ります」

「……っ」

ヴィオレッテの言葉に撃たれたように、メラニーは小さく目を見開く。ヴィオレッテはクッキーを口にした。

「……あ……っ」

味は別に変な感じはしない。それどころか、美味しい。子供たち用の方も美味しくできているだろうと思うと、嬉しくなる。ヴィオレッテの唇が、淡く微笑んだ。

「……っ!!」

――直後、急激に呼吸ができなくなる。

「妃殿下!!」

息を吸い込んでいるのに、空気が入ってこない。いや、吸っているのだが入っている感覚がない。ヴィオレッテは両手で胸を押さえて蹲《うずくま》りながら必死に呼吸を繰り返す。だが、苦しさは一向に治らない。

(毒……!?)

「妃殿下、妃殿下!!」

メラニーが泣きじゃくりながら名を呼んでくる。ああやはり、彼女の振りかけた粉が毒だったのだ。

メラニーがヴィオレッテの身体を抱き起こす。揺さぶられるが、その振動さえも感覚として認識できない。

「どうしよう……どうしましょう……! こ、こんなことに、なるなんて……!!」

メラニーは完全にパニック状態になり、子供のように泣きじゃくったまま動けなくなってしまっている。彼女のことを『子供』だと表したレリアの言葉が、よくわかった。

(本当に、幼い人……)

ヴィオレッテは霞《かす》む意識の中、メラニーに向かって片手を伸ばす。その感覚ももうだいぶ遠のいてしまっているため、ヴィオレッテは何となくで動く。その手はしかし、意外に強い力でメラニーの胸元を摑んだ。

「……エルネスト、さまを……お呼びして……」

メラニーの涙が止まる。指示を与えられることでパニック状態から戻ってこられたようだ。

ヴィオレッテはメラニーに向かって最後の力を振り絞って言う。

「ご自分の罪を、すべてエルネストさまに、お話し、して……」

（ようやく、エルネストさまと本当に結ばれたのに……）

自分にいいところだけを見せようとして自身に縛りを課していたエルネストと、今はずいぶんと隠し事なく話せるようになった。その分自分も気恥ずかしくて照れくさいことを口にしなければならないことが多くなったが、そうやって好きだという気持ちを話せば、倍返しでエルネストが想いを返してくれる。

大国の王ということでまとまった休みはなかなか取れないようだったが——また一日ゆっくりできる日を必ず作って、そのときにはエルネストと一緒にスケッチに行こうと約束をした。プレゼントされたパステルは、その時に使おうと大切にしまってある。

双子がエルネストをどうして大型犬だと言ったのか、その理由も今度教えてもらおうと思っていた。また自分の知らないエルネストを知ることができると思うと心が躍った。

（約束……たくさんしてるのに……）

エルネストをちゃんとモデルにして新しい彼の肖像画を描かせてもらうことも、教えてもらったお菓子を作って食べてもらうことも、トラントゥールの中で一番景色の綺麗なところに連れていってくれることも、収穫祭にはこっそり王城を抜け出して城下町に連れていってくれることも——たくさんの約束を交わした。それらのすべてがヴィオレッテにとっては楽しみでならない。

だがそれも、もう叶わないのだ。

(ごめんなさい、エルネストさま……)

「――妃殿下!!」

命が喪《うしな》われる最期に聞こえた声がメラニーのものなのが、少し寂《さび》しい。最期にエルネストに会いたかったなと思いながら――それが、ヴィオレッテの最後の意識だった。


「ヴィオレッテさま」

呼びかけられて顔を上げると、エルネストが苦笑している。だがその髪は根元が少し黒い金髪ではなく、全部が艶《つや》やかな黒髪だ。エルネストではなく、フレデリクの姿だった。

ヴィオレッテはようやく夢中になってスケッチしていたイーゼルから顔を離して、エルネストの方へと目を向ける。

「どうかしましたか？」

「いえ、どうもしないのですが……もう三時間もずっとこのままですよ。一度休憩にしませんか」

「……三時間!? すみません、そんなにモデルをさせてしまって……!」

ヴィオレッテは慌てて椅子から立ち上がろうとする。だがそれよりも早くエルネストが立ち上がり、ヴィオレッテの前に茶のカップを差し出した。

受け取って口に含むと、身体が温まる。身体が固まっていたことにも気づき、ヴィオレッテは大きく息をついた。

エルネストが絵を見て、苦笑する。

「何だかとてもいい男に描き過ぎではありませんか?」

「そうでしょうか。絵は、画家が見たものをすべて映します。だからこれは、私が見ているフレデリクさまなんです」

「それは、嬉しいですね」

ヴィオレッテの隣で、エルネストが照れくさげに笑う。その笑顔を見て、ヴィオレッテは思う。

(この笑顔も、描きたい)

「できあがったら、ぜひ見せてください」

「トラントゥールまでお送りいたします」

「いえ、それは結構です。どうぞヴィオレッテさまのお傍に置いてやってください」

自画像は好きではないのだろうか。ヴィオレッテがしょんぼりと肩を落とすより先に、エルネストが言う。

「あなたの傍に、置いてください。その方が嬉しいです」

「……そ、そう、ですか……っ」

——ああ夢だ、とヴィオレッテは寂しく思う。ルヴェリエにいた頃に作ったエルネストとの思い出に、こんなものはなかった。これはエルネストに向かう様々な自分の願望が混ざり合った最後の夢だ。

夢の中で、ヴィオレッテは小さく笑う。

(夢でも最後にエルネストさまに会えてよかった……)

死の淵《ふち》に沈む最後に思い出される顔が、エルネストでよかった。

「――ヴィオレッテ！」

ふいに強い声が、ヴィオレッテの名を呼んでくる。エルネストの声だ。だがこれも、自分の中に蓄積されている記憶の再生だろう。

「ヴィオレッテ、ヴィオレッテ!!」

記憶の再生の割にはずいぶんと力強い。ヴィオレッテが思わず返事をしたくなる強さだ。

「ヴィオレッテ！　息をしろ!!」

唇に強く何か温かい感触が押しつけられる。そのままそこから息を吹き込まれる。

(息を……)

「ヴィオレッテ！　息をするんだ、早く!!」

エルネストの声が、急に現実味を帯びて耳に届く。ヴィオレッテは自然と自分の身体に息をするように命令していた。

(息をするの)

「……っ!!」

ヴィオレッテの呼吸と意識が、急激に戻ってきた。大きく息を吸い込み、ヴィオレッテは瞳を見開く。

エルネストがヴィオレッテの背中を支えて人工呼吸をしていた。彼の周りにはレリアと医師たちがいる。エルネストたちの背後には、ユーグにしっかりと腕を掴まれて逃げ出せないようにされているメラニーが、震えながら立っていた。

ヴィオレッテの呼吸が戻ったことに、周囲が安堵の息を吐く。医師が叫ぶように言った。

「呼吸が戻った……!!」

「……ヴィオレッテ、よかった……!!」

エルネストがヴィオレッテの頭を抱え込む。押しつけられた胸からエルネストの鼓動が聞こえる。……その鼓動は緊張しているかのように速く打っていた。

「大丈夫ですか、ちゃんと息ができますか!?」

(私を、心配して……)

それがヴィオレッテにも戻ってきたことを実感させる。まだ上手く動かない腕を伸ばし、エルネストの身体にしがみついた。

全身にエルネストのぬくもりを感じ、ホッとして泣きたくなってしまう。ヴィオレッテは周囲の存在を気にして涙を堪えようとして、ふと、自分の肩口に熱い雫の感触を覚えて目を見張った。

深く抱き込んでくれているため、エルネストの顔を見ることはできない。だが今、肩口を濡らしている感触は涙ではないか。

「本当によかった……」

心の底からの呟《つぶや》きは小さく震えて、それ以上は紡《つむ》ぎ出せないようだった。ヴィオレッテはエルネストの広い背中に回した手を動かし、子供をあやすように優しく撫でる。

「ごめんなさい、エルネストさま……こんなに心配をかけてしまって……」

「あなたが私を置いていかなければそれでいいんです。あなたがいなくなってしまったら、私はもう生きていけません。そのことを、どうか忘れないでください」

エルネストが少し身を離して、ヴィオレッテの目尻に柔らかくくちづける。ヴィオレッテもエルネストの目元に優しく唇を押しつけた。

(少しだけ、涙の味がする……)

「陛下、申し訳ございません。妃殿下のご容態を確認させてください」

「ああ、頼む」

名残惜しげにしながらもエルネストがヴィオレッテから離れる。ぬくもりが遠のいてしまうことが寂しかった。

医師たちがヴィオレッテを取り囲み、熱や脈拍、胸の音などの確認を取る。されるがままになりながら周囲を見れば、まだここは厨房だった。メラニーがエルネストたちを呼んだのだろう。

メラニーは、と視線を向けると、ユーグが連れていく背中だけが見えた。その背中は震えたままで、とても小さく見えた。

「部屋に運びます。動かしますよ」

気遣いながらエルネストがヴィオレッテを抱き上げて部屋まで運んでくれる。容態は安定しているものの無理は絶対にいけないと、ヴィオレッテはベッドに閉じ込められてしまうことになった。メラニーがどうなったのか確認したい気持ちもあり、ヴィオレッテとしては不満な対応だったものの、この状況では反論もできなかった。

「油断はできませんが、意識も取り戻されましたし、解毒薬も飲んでひとまずは大丈夫でしょう。まずはゆっくりとお休みくださいませ」

医師たちが下がり、室内にはエルネストと双子だけが残る。エルネストはヴィオレッテの傍から離れるつもりはないようで、枕元の椅子に座ったままだ。

「エルネストさま、もう大丈夫ですから……」

「とても心配で眠れません。あなたの傍にいさせてください。……あ……でも気持ちが落ち着かないというなら、出ていきます」

甘えてもいいのかと思いながらも、ヴィオレッテはそっと首を振る。

「エルネストさまに……傍にいてほしい、です……」

エルネストがどこか泣きそうな感じで微笑し、ブランケットの上に出ているヴィオレッテの手を優しく握りしめた。

「気にせずに眠ってください。ユーグもレリアも、部屋の外に待機させますから」

双子はヴィオレッテを安心させるように微笑んだあと、部屋を出ていく。エルネストたちがいてくれることは、とても心強かった。

風邪をひかないように、エルネストがブランケットを肩口まで引き上げてくれる。ヴィオレッテはエルネストの優しさに微笑んだあと、言った。

「メラニー嬢は……？」

あの状況では彼女が毒を盛ったことは誰の目にも明らかだ。遺言のように残した言葉を受けて、メラニー嬢は……？」


罪に対しての罰からは逃れられない。だが自白をすることによって少しは罪が軽くなるかもしれない。彼女がすべてを話していたらいいのだが。

彼女が罰せられることにより、エルネストの立場やこれからに支障が出ないといいのだが。

(高位貴族が罰を受けると、そういう心配をしなくてはいけないから……)

「メラニーは地下牢に入れてあります。毒を盛ったのは彼女自身でした」

「そう……ですか」

それほどまでに自分が憎かったのかと、ヴィオレッテは胸が痛くなる。悪意や敵意を向けられて平気でいられるほど、自分の心はまだ強くはなかったようだ。

うなだれるヴィオレッテの髪を、エルネストがいたわるように撫でる。掌の仕草にうっとりしてしまいながらも、ヴィオレッテは言った。

「メラニー嬢はすべてを話してくれたのですか？」

「はい。さらに細かく聞かなければならないことはありますが、概《おおむ》ねはわかりました。ある程度予想していたのに、私の動きが遅かったんです。あなたにはつらい思いをさせてしまって……」

「メラニー嬢は、本心から私を殺そうとしたのでしょうか？　私にはどうにもそう思えません。嫉妬《しっと》に駆られて衝動的にしたのだとしたら、怯えることはなかったはずです。彼女は、誰かから知恵を借りたのではありませんか？」

エルネストは少し驚いたようにヴィオレッテを見たあと、小さく首を振る。

「今のあなたに必要なものは休息です。とにかく今は何も考えずに休んでください」

「そしてすべてをエルネストさまに押しつけてしまえと仰《おつしや》るのですか？」

エルネストが黙り込む。ヴィオレッテは繋いだ手に力をこめて握り返しながら続けた。

「私たちは王と王妃であると同時に、夫婦でもあります。片方だけにすべてを背負わせることはおかしくありませんか」

「……あなたには、かないません……」

観念したように、エルネストが呟く。エルネストはヴィオレッテの手を両手で握りしめた。

「メラニーは、あなたに盛った毒を父親から貰ったと言いました」

「ミストラル公爵が……!?」

では彼が自分の命を狙ったのか。だが、にわかには信じ難い。そう多く接してきたわけではないが、ヴィオレッテに都度《つど》助言をしてくれ、それがそのときの悩みによく合っていたのに。

「信じられません……」

「どうしてそう思われるんですか？」

ヴィオレッテは自分と話したときなどのミストラルの様子を教える。余計な口を挟まずにすべての話を聞き終えてから、エルネストは頷いた。

「なるほど、わかりました。ミストラルはあなたを取り込もうとしているのですね」

「え……？」

「あなたを味方に引き入れて、私に言うことを聞かせようとしているんだと思います。あいつの考えそうなことだな……だが、目の付け所はいい。私はあなたがすべてだから」

「だ、だからといって王としての判断を誤ってはなりません！　私が間違っているときには、遠慮なく叱責《しっせき》してください」

エルネストの言葉は嬉しいが、盲目的に自分の言葉のすべてを受け入れられてしまっては困るし、危険だ。ヴィオレッテが慌てて言うと、エルネストは嬉しそうに笑って頷いた。

「あなたならばそう言ってくださると思っていました」

エルネストの笑顔に思わずときめいてしまい、ヴィオレッテはブランケットで顔を半分隠してしまう。エルネストがそんな様子にさらに笑った。

「明日、ミストラルを訪ねます」

「王城に召喚《しょうかん》されないのですか？」

「前もって連絡したら警戒されてしまう可能性もあります。ユーグとレリアも連れていきますから、変な心配はしなくて大丈夫ですよ」

そう言われても安心できるわけもない。ヴィオレッテはしばし考え込んだあと、言った。

「エルネストさま、私もご一緒させてください」

「な……何を馬鹿なことを！　危険です!!」

「それはエルネストさまも同じです。私が入ることで、公爵も思いきったことはしないと思います」

もしミストラルが王の殺害を考えているのだとしたら、自分が盾になればいい。戦う力を持たないが、そういう守り方はできる。

「病み上がりですよ。安静に……」

「エルネストさまが傍にいてくだされば、すぐに治ります」

言葉に嘘はない。医師の処置もエルネストの対処もよかったおかげで、ヴィオレッテの身体はずいぶん楽になっていた。明日にはいつも通りに動けるだろう。折れるつもりのないヴィオレッテの様子に、エルネストはついに観念してくれる。

「本当に、あなたにはかなわない……わかりました。一緒に行きましょう」

「ありがとうございます！」

嬉しくて満面の笑みを浮かべたヴィオレッテの唇に、エルネストが優しいくちづけをくれる。

「さあ、もうお休みください。私はずっと傍にいますので」

「はい。……でも、一人で眠るにはこのベッドは広いですね」

途中でエルネストが抜け出していたとしても、いつも二人で眠っているベッドだ。そこにこうして一人で横たわっていると、何だかとても広く感じられて寂しい。

エルネストが小さく笑った。

「添い寝させていただいてもいいですか？」

無意識のうちに甘えたことを言ってしまっていたことに気づいて、ヴィオレッテはさらに赤くなる。エルネストはヴィオレッテの答えを待たずにその隣に滑り込んだ。

「……子供みたいなことを言って、すみません……」

「いいえ。むしろ私は嬉しいです。あなたが甘えてくださって」

エルネストがヴィオレッテの身体を抱きしめる。包み込まれるように抱きしめられると、とても幸せな気持ちになれる。

「ゆっくりお休みください」

エルネストのぬくもりが安心感も与えてくれて、眠りがすぐにやって来る。ヴィオレッテはエルネストの胸に顔を埋めるようにして身を寄せながら、眠りに落ちていった。


自分の腕の中で落ち着いた寝息が聞こえ始めたのはすぐのことだ。エルネストは俯き、ヴィオレッテの呼吸を確認する。

子供のように自分を頼りきった寝顔は、とても愛おしい気持ちを呼び起こす。エルネストはヴィオレッテの頬を起こさないように優しく撫で、指先で唇をなぞった。

触れるのは、確かな呼気だ。ヴィオレッテが生きている証《あかし》だ。

これが止まり、ぐったりとベッドに横たわっていたヴィオレッテを見たときには全身の血が一気に失われたような寒気と喪失感を覚えた。

ヴィオレッテが死ぬ——そんなことは絶対に許されない。もしも彼女が死を迎えるのならば、それは天寿を全《まっと》うしてからだ。

(それ以外は、絶対に許さない)

腹の奥に、ざわざわとした感覚が生まれる。ひどく暴力的な気持ちを、エルネストは抑え込む。

(私のヴィオレッテを傷つける者を、殺してやりたい)

そしてそれを、自分は容易くすることができる。……けれど。

「エルネスト、さま……」

寝息の合間でヴィオレッテが名を呼んでくる。単なる寝言だとわかっているが、ヴィオレッテの声がエルネストに冷静さを取り戻させてくれる。

エルネストはヴィオレッテの唇に柔らかいくちづけを与え、髪を撫でた。ヴィオレッテがされたことに気づいたのか、眠りながらも淡く微笑んだ。

【7】

確かなことが表沙汰《おもてざた》にならない以上、メラニーの投獄については城内で厳しい箝口令《かんこうれい》がしかれた。幸いなことに食事の支度にはまだ遠い時間の厨房だったため、召使いたちもあまりいなかった。

外に情報は漏らさないようにしたものの、訪《おとず》れたミストラル邸は妙に静か過ぎるように思えた。

お忍びの来訪のため、ヴィオレッテもエルネストも軽装で王家の紋章のない馬車に乗ってきた。護衛も極力抑え、双子だけだ。

それでもヴィオレッテに不安はない。この短い間にずいぶんと双子を頼りにしている。

約束を取りつけてはいない来客に、玄関ホールに出てきた執事が出迎える。そしてヴィオレッテたちの姿を見ると、危うくもう少しで悲鳴を上げそうなほどに驚いて礼をしてきた。

「これは、陛下……っ!!　すぐにご主人さまを……」

「いや、いい。このまま行かせてくれ」

執事が訝《いぶか》しげな目を向けてくる。だが特に何かを言うようなことはせず、小さく頷《うなず》いてミストラルがいる応接間へと案内してくれた。

「公爵と大事な話がある。完全なる人払いを頼む」

執事の顔が強張《こわば》り、青ざめた。さすがに彼にはミストラルも娘の不祥事を話してあるのだろう。

一礼して立ち去る執事の気配が完全に消えるまで待ってから、エルネストが扉に近づいた。ヴィオレッテの両隣にはそれぞれ双子がつく。

扉をノックするのかと思いきや、エルネストはドアノブを掴んでそっと引く。ほんの少しだけ隙間《すきま》が開き、そこから室内の会話が漏れ聞こえてきた。ヴィオレッテは一歩踏み出し、エルネストの傍《そば》に寄る。

エルネストはヴィオレッテの腰に片腕を絡めて抱き寄せてくれる。ヴィオレッテは息を殺して会話に耳を傾けた。

「……しかし、ずいぶんと思いきったことをしたのではないか？　妃殿下に毒を盛るなんて……」

室内にはエルネスト以外にも人がいた。聞き覚えのある声は、オーブリーのものだった。エルネストが国王として実績を積んでいくまで、後見人を務めていた人物だ。なぜ彼が、ミストラルと一緒にいるのか。

「メラニーは馬鹿な娘で、思い込んだら一直線です。陛下を思う気持ちが今回の事件を作り上げた。私はその背中を少し押してやっただけです。父親として」

ざわ……っ、と腹の奥に、何とも言えない不快感が生まれる。ヴィオレッテは思わず自分に触れているエルネストの腕を摑んだ。

エルネストがヴィオレッテを心配げに見返してくる。ヴィオレッテは怒鳴りそうになる衝動を抑えるために、唇をきつく引き結んだ。

「メラニーが王妃になるのが一番でしたが、なかなか上手くはいかないようです。ですが、陛下がいったい誰を大事にされているのかがこれでよくわかりました。手に入れるのでしたら妃殿下ですね」

ヴィオレッテを抱き寄せるエルネストの腕に力がこもる。オーブリーが少々呆《あき》れたようなため息をついた。

「なるほど。妃殿下とは繫ぎを取っているのか？」

「はい。『優しく』しています」

毒を含んだ言葉が、ヴィオレッテの心を刺す。ヴィオレッテに助言するミストラルの姿は、自分にいい印象を与えるための演技だったのか。それを見抜けなかったとは、不甲斐《ふがい》ない。

（それどころか、利用しようと考えていたなんて……っ）

メラニーのことすら、ミストラルは利用しているのだ。それほどまでに、王になりたいのだろうか。

（でもそれならば、陛下を害してしまう方がいいのではないの？）

ミストラルはこの国でエルネストの次位になる人物だ。エルネストが万が一、唐突に命を失った場合、彼が国政を担うことに誰も文句は言わないだろう。まだヴィオレッテの中にエルネストの子が宿っていないのならばなおさらだ。

「この国を掌握《しょうあく》したいのならば、陛下のお命を奪った方が効率がいいのではないか？」

まるでヴィオレッテの心を代弁するように、オーブリーが問いかける。ミストラルが苦笑した。

「私は国王になるつもりはまったくありません。私が求めているのは私の言うことを聞く国王です」

「ほう……？」

オーブリーが興味を引かれたように問い返す。ミストラルが笑みを深めた。

「私はこの国の頂点に立つつもりはありませんよ。責任を取るのは国王の役目で、私は常に二番手で構いません。そして何かあったときに責任を取った国王の代わりに頂点に立つ者に仕える。それでいいのです」

「そして陰の権力者になる、か。確かに効率はいい」

オーブリーとミストラルが笑い合う。ヴィオレッテは吐き気を催《もよお》して、口元を押さえた。

騎士の国であるというのに、この腹黒さは何なのだろう。軽蔑《けいべつ》に値する。

部下のこんな様子を見て、エルネストは心を痛めるはずだ。それが心配でヴィオレッテはエルネストへと目を向ける。

だが、エルネストの瞳はひどく落ち着いていて、このことに驚いている様子が欠片も感じられなかった。まるでミストラルがこうすることをわかっていたかのような感じだ。

思わず呼びかけようとするより早く、エルネストが無言で室内に踏み入った。ヴィオレッテから腕を解き、代わりに両隣に双子がつく。

扉が開く気配に気づきミストラルたちが顔を上げた。エルネストたちの姿を認めると、ガタンと音を立てて椅子から立ち上がる。

エルネストは厳しい表情で射貫《いぬ》くようにミストラルを見つめながら言った。

「先触れもなく急に来てしまってすまない」

「い、いえ。私も陛下とお話ししなければならないことがありましたし……」

「メラニーのことだな」

「はい……この度は私の娘が妃殿下に酷《ひど》いことを……」

先ほどの会話を聞いていなければ、ミストラルの誠実さに簡単に騙《だま》されていただろう。だが、今はもう違う。

ヴィオレッテは慎重に笑顔を浮かべた。

「ご心配をおかけしました。でもこの通り、もう大丈夫ですわ」

「それはよかった。陛下、娘のこと、深くお詫《わ》びいたします。処分はどうぞ陛下の御心のままに」

ミストラルがエルネストの前で跪《ひざまず》き、断罪を待つために頭《こうべ》を深く垂れた。

この様子を見る限りではとても深く反省しているように見える。政治的な面でミストラルを弾き出すことが難しいため、メラニーの件については数ヶ月の謹慎と無償の公務程度ですんでしまう。ヴィオレッテには、それが歯がゆかった。

頭を垂れたままのミストラルには見向きもせず、エルネストが近くの椅子に座る。ヴィオレッテもそのあとにつき従おうとしたが、双子がやんわりと腕に触れて止めた。ヴィオレッテは双子とともに扉近くに留まる。

「妃殿下はこちらに。万が一のときはすぐに逃げられるように」

ユーグが低い声で囁く。それを聞いて、ヴィオレッテは息を詰めた。

「叔父上もいらしたのか。ミストラルとは仲がいいのか？」

「政務について、以前より助言していただいています」

オーブリーではなくミストラルが答える。エルネストが見やると、オーブリーは頷いた。

(まさか、オーブリーさまがミストラル公爵と繋がっているなんて……!!)

身内の裏切りは、エルネストの心に痛みを与えるだろう。それを考えると、ヴィオレッテの胸も痛む。

「メラニーの調べを始めている。お前に聞かなければならないことも出てくるだろう」

「その際にはいつでもお呼びください。娘は陛下を想うがゆえに罪を犯しました。罪は罰せられなければなりません。ましてや陛下の伴侶となられた妃殿下を殺そうとするなど、許されることではありません。こちらへの温情など一切お考えにならず、メラニーを罰してくださいませ。ミストラル家の失われてしまった信頼は、私がこれからまた陛下にお仕えし、成果を作り出すことで贖《あがな》います」

話を聞いているだけならば、ミストラルの潔《いさぎよ》さと誠実さに惑《まど》わされるだろう。だがこれでは娘の命などどうでもいいと言っているのと同じだ。

エルネストはひどく冷徹《れいてつ》な瞳でミストラルを見下ろしている。足の甲に額を押しつけんばかりにしているため、エルネストのその表情をミストラルは見ない。ヴィオレッテが背筋に寒気を感じるような表情だった。

「メラニー嬢は私の妃に盛った毒を、お前から与えられたと告白しているが？」

「娘は罪人として扱《あつか》われて取り乱し、咄嗟《とっさ》に嘘をついたのでしょう。私のせいにすれば救ってもらえるとでもあさはかにも考えたのかもしれません」

実の娘に対しての言葉とは、とても思えない。たとえ血が繋がっていても、ミストラルはもうメラニーを切り捨てている。メラニーが罪人として死んでも、構わないのだ。

（こんな……酷いわ……!!）

怒りに震《ふる》えそうになるが、エルネストが動かない以上、ヴィオレッテが何かを言うわけにもいかない。エルネストはしばしじっとミストラルを見つめていたが――やがて、おもむろに口を開いた。

「お前が裏から操れる国王を求めていることは知っている。前王が病死し、まだ幼い私が国王となったとき、お前は後見人になろうとしてできなかった。父上はお前を信用していなかった」

「申し訳ございません、陛下。何を仰りたいのか……」

「お前は善人面をしながら裏で画策し、言いなりの国王を作ろうとしていた。だがお前の言いなりになるほど私は愚《おろ》かではなかった。だからメラニーを使い、駄目ならヴィオレッテを使おうとした。だろう？」

肘置きで頬杖をつきながら、エルネストは断言する。強い語調にもかかわらず、エルネストは顔を上げないまま落ち着いた声で繰り返す。

「いったい何のことを仰っているのか本当にわかりません。オーブリーさまからも陛下にお話ししてください」

「お前に陥《おとしい》れられた者たちの調べは上がっている。それなりに恨まれているようだな」

「何の証拠があって……」

「もちろん裏の取れないものもあるが、証人には困らない。叔父上、大変ご苦労様でした」

ミストラルが勢いよく顔を上げる。ヴィオレッテも同じ驚きに目を見張ってオーブリーを見た。

注視されたオーブリーは、軽く肩を竦《すく》めてからエルネストの傍に歩み寄る。

「可愛《かわい》い甥《おい》っ子の頼みでなければ密偵などしなかったぞ。しかも一年も」

「オーブリー……」

「お前も相当の演技者だったようだが、私の方が上手だったらしい。お前は私を国王になりたい男だと思っていたようだが、実際には私はそんなことを思ってはいないのさ」

「お前が画策していることは気づけていたが、確たる証拠をなかなか見つけられなかった。証言が手に入っても、嘘だと言われてしまったらどうにもならない。証拠がないんだからな。その証拠を集めるために、叔父上に密偵になってもらったんだ」

ミストラルは大きく目を見張り、絶句する。オーブリーの笑みが深まった。

「私の屋敷にはお前が私に当てた書面などがあるぞ。陛下、見つくろってお持ちしましょう」

「そ、んな……馬鹿な……っ!!」

ミストラルの顔面が蒼白《そうはく》になる。こんなふうに先手を取られ、陥れられる側になることは初めてだったのだろう。初めての強烈な敗北感に、ミストラルはうなだれたまま動けずにいる。

エルネストが立ち上がった。

「お前の処分については改めて伝える。だが元通りの生活に戻れるとは思うな。ユーグ、レリア。ミストラルを拘束しろ」

エルネストの命に、双子が応えようとする。だがミストラルがそれよりも早く、懐から一本のナイフを取り出し、立ち上がりざま、エルネストの喉を斬りつけようとした。反射的にヴィオレッテはエルネストを助けたいと、駆け寄る。

距離的にとても間に合わないとわかっていても、身体が勝手に動いていた。

「エルネストさま!!」

「……っ」

エルネストの片足が素早く動き、ミストラルのナイフを持った手を蹴り上げる。ナイフが宙に跳ね上げられ、エルネストは危なげなくそれを空中で奪い取った。

流れるような仕草でエルネストは痛みに呻《うめ》いたミストラルの喉元にナイフの先を突きつける。勢いを殺すことができなかったのか、先端は少し皮膚に沈んで、ぷくっと血の雫《しずく》が生まれた。

「へ、陛下……」

「余計な抵抗はお前の立場をますます悪くするが？」

ミストラルががくりと俯《うつむ》き、その両側を抱きかかえるようにして双子がつく。エルネストはオーブリーにナイフを渡すと、ヴィオレッテに走り寄ってきた。

「ヴィオレッテ！　大丈夫ですか!?」

「わ、私は平気です……」

そう答えたものの、エルネストの無事な姿を認めると膝《ひざ》がガクガクしてきてしまった。もしもあのナイフがエルネストの喉をかき切っていたのならば、彼の命はなかった。

ヴィオレッテの様子に、エルネストはひどく申し訳なさげに続けかかった。

「すみません、ヴィオレッテ。怖い思いをさせてしまいました」

「いいえ。いいえ……エルネストさまがご無事なら、それでいいんです……」

泣いてしまいそうになり、ヴィオレッテは慌てて俯く。エルネストはそのヴィオレッテの髪にくちづけ、目尻にそっと唇を押しつける。

舌先が優しく涙の雫を舐《な》め取った。

「すみません、ヴィオレッテ……心配かけました」

エルネストの両手がヴィオレッテの頬を包み、軽く上向けてくる。ヴィオレッテは首を振って、目を閉じた。

唇に、エルネストの吐息が触れる。謝罪のくちづけが与えられると思った直後、エルネストの背後でわざとらしい咳《せき》払いが上がった。

オーブリーのものだと気づき、ヴィオレッテたちはハッと我に返って慌てて適切な距離を取る。オーブリーが苦笑した。

「独り身には少し刺激が強い」

「も、申し訳ございません……」

二人揃って身を縮めると、オーブリーが笑みを深くした。

「だが、王と妃が見ている側が恥ずかしくなるほどに仲がいいことは、国にとってもいいことだ」

「ありがとうございます、叔父上」

エルネストがヴィオレッテの腰を抱き寄せる。恥ずかしかったがぬくもりが心地よくて、ヴィオレッテはされるがままでいた。

「公爵はこれからどうなるのですか？」

「まずは裁判になります」

司法の手に委《ゆだ》ねられ、国王の監視のもと、正しき罰が下されるのだ。それが当然のことだとヴィオレッテは神妙に頷く。

ミストラルとメラニーに対しての重い罰は、どうあっても逃れられないだろう。

しかしエルネストはすぐに難しい顔になった。

「ミストラルは思った以上に恨まれているようです。今回の件で証言した者たちの誰かが妙なことを考えないといいのですが……」

牢に囚われ逃げ場のないミストラルを、誰かが襲う可能性があるということか。ヴィオレッテは眉根を寄せる。

「地下牢の警備を厚くしなければなりませんね」

「ええ、その通りです。叔父上、手配をお願いします」

言ってエルネストはもう我慢ができないというようにヴィオレッテに手を伸ばし、抱き上げた。

急に抱き上げられてヴィオレッテは驚き、エルネストの首にしがみついてしまう。

「エ、エルネストさま!? 急にどうされたんですか!?」

「あなたは安静第一なんですよ。今すぐ戻ってベッドに入ってください」

「ですが、もう大丈……」

「いいですね！」

押しつけるように繰り返され、ヴィオレッテは口を噤むしかない。そのまま城に戻るべく歩き出したエルネストの背後で、オーブリーが実に楽しそうに笑っていた。

最初の処置と適切な解毒薬を処方されたため、ヴィオレッテの回復は早かった。一週間もすればわずかに残っていた気怠《けだる》さもまったくなくなり、いつも通りの日々を過ごすことができるほどになった。だがエルネストはヴィオレッテの言葉を信用せず、ベッドから出ることをきつく禁じた上に、時間を見つけては妻の様子を見に来て、何かと世話を焼こうとするのだった。その心配ぶりはレリアとユーグを閉口させるほどだったが、召使いたちには王と王妃の仲睦《なかむつ》まじさがとても微笑ましいと温かく見守ってもらえている。

とはいえ、ずっとベッドに入ったままでいるわけにもいかない。王妃教育は一応はまだ途中で、かつ、ヴィオレッテにも公務はある。いい加減にエルネストに自分は大丈夫だと納得してほしかった。

（そ、それに……私の身体を心配してくださっているから、抱いてくださらないし……）

エルネストと同じベッドで眠ってはいても、彼はヴィオレッテの身体を気遣ってくちづけ以上はしてこなかった。毎晩ヴィオレッテの身体を優しく抱き寄せて眠ってはくれるが、我慢しているだろうことはよくわかり——だからこそヴィオレッテはもう大丈夫だと納得してもらいたくて堪らなくなる。エルネストとの妙な誤解も解け、自分たちはもっと親密になれるはずなのに。

どうしたらエルネストは納得してくれるだろうか。ヴィオレッテがレリアに相談すると、彼女は実に楽しげに――悪戯《いたずら》っぽく笑って提案したのだ。それを行うことはとても恥ずかしく消え入りたいほどだったが、大抵の男は喜ぶからと言われてしまえば頑張らざるをえない。

(さすがレリアだわ。私にはこんなこと、思いつきもしなかったもの)

「要は可愛らしく陛下に抱いてくださいとおねだりすればいいんです。陛下を受け止められるほど回復したことがそれでわかりますから!」――おねだりの方法などヴィオレッテにはわからず、結局レリアの提案をそのまま受け入れて今、ベッドにいる。

これにはユーグも一役買って出てくれて、今日の執務は早めに終わらせ、さらに明日は一日エルネストが公務を離れていたともしても大丈夫なように手はずを整えてくれていた。

湯浴みもすませ、レリアが用意してくれた下着を着ける。だがこれは、シュミーズだけだ。しかも丈がひどく短く、太腿《ふともも》くらいまでしかない。加えて生地は繊細な織り布のために透けていて、身体の曲線はもちろんのこと、下手をすれば肌の色まで見られてしまいそうだ。この下着だけでも失神してしまいそうなほど恥ずかしいのに、レリアはさらに「灯《あか》りは消さずにお待ちください。陛下がとても喜ばれますよ」と助言してくれたのだ。言われた通りに灯りを消さずにベッドに座っているが、何とも落ち着かない。

(……もしかして私……何かを早まったのでは……)

「ヴィオレッテ、もう休んでいますか?」

優しく言いながらエルネストが扉を開けて姿を見せる。何気なくベッドに目を向けたエルネストは、そこに身を縮めて座っているヴィオレッテの姿を見て——バンッ、と扉に背を押しつけるように後退した。

扉が自動的に閉まり、エルネストが狼狽《うろた》える。

「な……な、ななな……何、を……して……っ」

初めて見る夫の狼狽《ろうばい》ぶりに、ヴィオレッテは何だか新鮮な驚きを覚えて目を見張った。エルネストが口元を押さえて頬を赤くするが、その視線はヴィオレッテから片時も外れなかった。

「……あ、あの……私、もう大丈夫ですから……こ、今夜は……」

「……ですが、まだ一週間程度しか経っていないのですよ」

「本当にもう大丈夫です。エ、エルネストさまに触れてもらえないことの方が、寂しくて……」

思わずヴィオレッテは素直に気持ちを吐露してしまっている。エルネストの瞳が今度は驚いたように見開かれた。

「……ヴィオレッテ……」

「す、すみま、せ……っ」

(嫌だ、恥ずかしい……っ)

ずいぶん恥ずかしいことを言ってしまっていることに気づき、ヴィオレッテは真っ赤になって俯く。エルネストが引き寄せられるようにヴィオレッテに近づき、ベッドに乗り上げてきた。

「……しても、いいですか」

気づけばひどく間近から瞳を覗《のぞ》き込まれながら問われている。ヴィオレッテは顔を赤くしながらも小さく頷いた。

「……ど、どう、ぞ……ん……っ!!」

エルネストが噛みつくようにヴィオレッテにくちづけてくる。熱く激しいくちづけにあっという間に身体から力が抜けてしまう。こんなに簡単にくちづけで蕩《とろ》かされてしまうのは、いけないことではないだろうか。

「……あ……んぁ……っ」

「可愛らしいおねだりに、理性を失ってしまいそうです……いいんですか、激しくしても」

唇を離して、エルネストが確認してくる。ヴィオレッテはもう一つ、こくりと頷いた。

エルネストが濡れた唇をぺろりと舐める。舌なめずりする仕草に獣性を感じて、ヴィオレッテの身体がびくりと震える。

恐怖ではなく、期待感にも似た感覚だ。

「……ヴィオレッテ……愛しています」

「はい、私も愛しています」

「あ……あぁっ!!」

たっぷりと舐《な》められて指で解された蜜壺《みつつぼ》に、ずぷりとエルネストの肉棒が押し入ってくる。胡座《あぐら》をかいたエルネストの膝の上に背中から抱きかかえられて、力強く腰を押し上げられる。自重も手伝って蜜壺の最奥《さいおう》に亀頭が押し込まれ、子宮口を押し広げてくる。こりこりとしたそこに膨らんだ硬い先端が押し入ってくると、堪らない気持ちよさがやって来てしまう。

「……ああ……ヴィオレッテ……いいです……」

「あっ、ああっ!! んぁ!!」

エルネストは全裸だが、自分はこの恥ずかしい下着をつけたままだ。汗ばんだ肌に薄い布地が張りつき、そのさまが灯りのせいではっきりと見えて、エルネストを興奮させているのだろう。突き上げは激しい。

「あなたは何を着ても似合いますが、こういう淫《みだ》らな姿もいいです。とても……ああ……いい……」

ずんずんと突き上げられ、ヴィオレッテは縋《すが》るものを求めて背後のエルネストの首に片腕を絡める。自然とエルネストの顔を引き寄せる仕草になり、彼はヴィオレッテの耳朶《じだ》にくちづけ、舌を這《は》わせた。

「……んぁ、あっ、あぁ……っ!!」

熱い呼気と唾液《だえき》の絡むいやらしい水音に、ヴィオレッテの身体がさらに昂《たかぶ》ってしまう。エルネストが軽く息を詰め、小さく笑った。

「……ヴィオレッテ……そうきつく締めつけられては、すぐに果ててしまいます」

「……あ……だ、だって……耳、駄目ぇ……っ」

感じる部分を攻められて、ヴィオレッテは涙を滲《にじ》ませながら懇願した。だがエルネストはヴィオレッテの乱れた姿に煽《あお》られたのか、情欲をたっぷりと含んだ声で囁《ささや》く。

「そんなにいやらしくも可愛らしい姿を見せられては、もっと感じさせて差し上げたくなります」

「んぁっ、あっ、あっ、あぁっ!! あ……っ?」

後ろから回ったエルネストの腕が膝裏を抱え上げる。さらに大きく足を広げられ、繋がった場所がぐちゅぐちゅと淫らな水音を立てる。

「ああっ、こんな……駄目です……っ」

「私があなたの中に入っているのがよく見えます。とてもいいですよ。興奮します」

言われて思わず視線を落とせば、血管を浮き上がらせた赤黒い男根が自分の中に飲み込まれ、引き出され、また入り込むさまをはっきりと見てしまう。ぬるぬるに濡れた花弁《かべん》が巻き込まれ、引っ張られるように広げられるのもよくわかり、ヴィオレッテは顔を赤らめた。こんなにいやらしい部分が自分にあるなんて、思わなかった。

「ああ……こんな……こ、んな……恥ずかしい……っ」

羞恥を覚えると、蜜壺がきゅんっと締まる。エルネストが軽く息を詰め、片手を繋がった場所に伸ばす。

「あなたはここも……弱いのですよね。この……小さな可愛らしい粒が……」

「……いや、駄目です、エルネストさま……！」

何をしようとしているのか気づいてヴィオレッテは反射的に逃げ腰になる。だが繋がっているこの状態では、逃げられるわけもない。

「やめませんよ。あなたをもっと感じさせたいのですから」

エルネストは愛蜜《あいみつ》で濡れそぼった花芽《かが》を指の腹で捕えると、つまみ、擦り立て、押し潰した。

「……ああっ‼　あああーっ‼」

悲鳴のような喘《あえ》ぎを上げて達してしまい、ヴィオレッテはビクビクと全身を戦慄かせる。絞り上げるように中に入っている肉茎《にくけい》を締めつけるが、エルネストの腰の動きは止まらない。

「……ああ……あっ、んぁ……っ」

「……ああ……いい……ヴィオレッテ……私のすべてを、あなたの中に……！」

「ああ……きて、ください……エルネストさま。私の中に、あなたのすべてを……んぁ‼」

突き上げが激しくなり、ヴィオレッテは髪を打ち振って震える。エルネストはヴィオレッテの肩口に噛みつくようなくちづけを与えると同時に、猛然《もうぜん》と腰を突き上げてきた。

ヴィオレッテの恥じらいも、その動きで弾け飛んでしまう。ただもうエルネストの与える激しさに応えたい一心だ。

「あぁっ、んぁ！　ああ、あぁっ!!」

「あぁ……ヴィオレッテ……ヴィオレッテ……出、る……っ」

「……っ!!」

どくどく、とエルネストの熱い精がヴィオレッテの中に注ぎ込まれる。自分の中を満たすその熱に、ヴィオレッテは満たされた吐息を零した。

「……はぁ……はぁ……」

「ヴィオレッテ……愛しい人。もう少し……あなたを愛したい」

熱く甘く囁くエルネストの情動は止まらず、ヴィオレッテにくちづけながら肉棒を引き抜くと体位を変えて攻めてくる。今度は正面から攻め立てられ、ヴィオレッテは甘い喘ぎを零すことしかできない。

激しく熱く求められることが、こんなに嬉しいのもエルネストだからだ。ヴィオレッテは両手を伸ばして、エルネストに抱きつく。エルネストも応えるようにヴィオレッテの身体を抱きしめた。

「……愛してます……」

どちらも口にする言葉は、同じだった。

【8】

ミストラルへの取り調べは連日のように行われていた。時にはエルネストが自ら足を運び、オーブリーの調査したこととの相違がないことを確認したりもする。メラニーももちろん、取り調べは行われていたが、こちらはミストラルほど頻繁《ひんぱん》ではなく、あとは裁判を待つだけとなっていた。

ヴィオレッテの身体もすっかり良くなり、エルネストも満たされた夫婦生活を送りながら公務をこなす。ミストラルの代わりはオーブリーが政治に再び復帰することで補われ、さらには次代候補となる高位貴族の何人かを彼が育て始めていた。

オーブリーの采配により裁判の日は組まれ、あとはその日が来るのを待つだけとなったある日のこと、ユーグがエルネストの朝の執務中にやって来た。オーブリーと執務に励《はげ》んでいたエルネストに、ユーグが報告する。

「昨夜、ミストラルが何者かによって殺害されたとのことです」

「……警備の目を盗んでか？」

「内通者がいた痕跡《こんせき》があります。ミストラルの独房の鍵は、外側から開けられていた模様です」

ユーグの言葉に、エルネストは小さく笑う。

「そうか。ならば仕方がないな。裁判は、メラニー・ミストラルのものだけ行うこととしよう」


祖国の兄への手紙をしたためていると、自然と頬が緩んでしまう。

他愛もない日常のことを記しているのだが、それが幸せで穏やかなものばかりだから改めてヴィオレッテは己の幸福を実感するのだ。

ミストラルの事件があってから、エルネストとは今まで以上に隠し事のない間柄になっているように思える。こうやって自分たちはまた一歩一歩、夫婦らしくなっていくのだろう。

その背後で、扉がノックされる。ヴィオレッテが振り返るとそっとそれが開き、エルネストが顔を見せた。

「エルネストさま！」

無意識のうちにヴィオレッテは満面の笑みを浮かべてエルネストに走り寄った。エルネストがふわりとヴィオレッテを抱きしめて、額にくちづけてくる。

「今日はこれから教会の子供たちのところに慰問に行くのでしょう？」

「はい。お菓子も用意しました」

「私の分はありますか？」

エルネストの少し心配げな問いかけに、ヴィオレッテは笑う。

「もちろんあります！」

「それはよかったです。息抜きに馬で町を一回りしようかと思っています。お送りしますよ」

「まあ、いいのですか？　ありがとうございます」

エルネストとどんなわずかな時間でも一緒にいられることが嬉しくて、ヴィオレッテは輝くような笑みを浮かべた。ヴィオレッテは急いで机の上を片付ける。

「急ぎの手紙ではないのですか？」

「大丈夫です。兄さまに近況の手紙を書いていただけですので」

一緒に歩き出しながら、ヴィオレッテは答える。エルネストは愛《いと》おしげにヴィオレッテを見下ろしながら問いを重ねた。

「何と書かれていたのですか？　……教えていただければですが」

ヴィオレッテは少し照れくさげにしながらも、幸せそうに笑いながら答えた。

「はい。私はエルネストさまのところで、とても幸せですって」

エルネストもまた、とても嬉しそうに笑い返してくれた。

あとがき

初めましての方も、またお会いできて嬉しいですの方も、こんにちは。舞姫美です。

お手に取って下さる方々のおかげで、また新しいお話をお届けすることができました。ありがとうございます！

今回のお話は珍しくもキャラ先行型で、大変楽に書かせていただきました。なので進行もとっても楽と思いきや、マイパソコンがついに「無理だぜ……もう戦えないぜ……」状態になってしまい、新しいパソコンに四苦八苦しながらの進行となって結局大変さはいつもと変わらない!!　状態でした……ほんと、パソコンが新しくなるのはいやです……しかも新しいＯＳにまだ慣れない上、これまでこつこつ溜めていた変換関連がすべてパアになってしまい、校正の赤の多さに久しぶりに涙が出ました。ほろり。まだ新パソちゃんには苦労しておりますが、徐々に仲良くなっていきたいなーと思っています。

今回のお話は、エルネストの二面性（っていや本性かな・笑）が出せて、とても楽しかったです。題名では私的に冒険させていただいて、「××な」という表現を使いました。担当さんといろいろと考えた結果なのですが、この「××」をお手に取った方々どのようにふりがなをつけるのか楽しみです。よろしければこっそり教えてくださいませ。

また今作では「蜜愛王子と純真令嬢」でご一緒させていただいた鳩屋先生にイラストを描いていただきました。また再びお仕事させていただきまして、ありがとうございます！　耽美系美青年がお得意の鳩屋先生に、こんな駄目駄目な騎士王エルネストで申し訳なく……（汗）なのに美麗にかっこよく描いていただき、ありがとうございます！ピンク主体の表紙はたぶんハニー文庫さまでは珍しいのではないかと……帯も合わせるとピンク×ピンクです！　いいですよね、ピンク！　可愛いですよね、ピンク！（力説）

公私ともにいつも色々なアドバイスを下さる担当さま。この作品を世に出すために関わって下さった方々。いつも大変感謝しております！　そして何よりもお手に取って下さった方々に、毎度同じ謝辞ですが、どうもありがとうございます！　お話で少しでもお返しできるよう、頑張ります。

またどこかでお会いできることを祈って。

舞姫美先生、鳩屋ユカリ先生へのお便り、
本作品に関するご意見、ご感想などは
〒101-8405
東京都千代田区三崎町2-18-11
二見書房　ハニー文庫
「騎士王の××な溺愛事情」係まで。

本作品は書き下ろしです

Honey Novel

騎《き》士《し》王《おう》の××な溺《でき》愛《あい》事《じ》情《じょう》

【著者】舞《まい》 姫美《ひめみ》

【発行所】株式会社二見書房
東京都千代田区三崎町2-18-11
電話　03(3515)2311［営業］
　　　03(3515)2314［編集］
振替　00170-4-2639
【印刷】株式会社 堀内印刷所
【製本】株式会社 村上製本所

落丁・乱丁本はお取り替えいたします。
定価は、カバーに表示してあります。

ISBN978-4-576-16110-5

http://honey.futami.co.jp/